ATRIUM

ALEXANDER BROICHER

UNTER FRAUEN

ROMAN

Atrium Verlag · Zürich

Für Eva

PROLOG

Böttner war immer noch ohnmächtig.

Vielleicht hätte ich nicht so fest zuschlagen sollen. Andererseits hatte es den Richtigen erwischt. Hinkend lief ich in sein Büro, holte die Kassenbox aus dem Metallschrank und öffnete sie. Ich griff eine Handvoll 2-Euro-Münzen und ließ sie entnervt wieder los. Ich hatte ja gar keine Hosentaschen! Hastig stellte ich die Kassenbox auf den Boden und sah mich um, bis ich im Regal mehrere Stapel Abreißtüten entdeckte.

Mit klebrigen Fingern stopfte ich das Geld in eine quietschgelbe Plastiktüte mit der Aufschrift »OFC – Organic Fried Chicken«. Viel war es nicht, aber meinen Hungerlohn ersetzte es allemal, und für den Überschuss würde sich schon eine angemessene Verwendung finden.

Als ich zurück auf den Flur trat, hörte ich ein Stöhnen. Am Ende des Ganges hatte Böttner sich aufgestützt und zog ein Handy aus der Brusttasche seines Hemdes. Irritiert sah er auf die pralle Rundung der Tüte in meiner Hand. Bevor er etwas sagen konnte, drehte ich mich um und eilte aus dem Burgerladen auf die Straße.

Mein Bein schmerzte höllisch, und unter der Maske bekam ich kaum Luft. Schweiß rann mir übers Gesicht, während ich meine Beine nicht so schnell bewegen konnte, wie ich wollte. Mein Kostüm war zwar nicht besonders schwer, durch die voluminösen Verbreiterungen und Wattierungen aber extrem sperrig. Vor allem, wenn man sich auf der Flucht befand.

Ich überlegte, einfach in den nächsten Bus zu springen, aber diese Möglichkeit schied aus. Bereits jetzt drehten sich Passanten nach mir um, Kinder lachten und zeigten mit dem Finger auf mich. Dabei war Aufmerksamkeit genau das, was ich im Moment am wenigsten brauchte.

Mittlerweile schmorte ich im eigenen Saft. Aus der Ferne ertönte die Sirene eines Einsatzfahrzeuges. Ich ahnte, dass ich ihr Heulen ohne die drei Schichten Stoff über meinen Ohren schon viel früher gehört hätte, und versuchte, mein Tempo zu erhöhen. Umsehen konnte ich mich mit meinem übergroßen Maskenkopf nicht, aber eins stand fest: Sie waren hinter mir her.

Ich zwang mich zum Nachdenken, was angesichts meiner Panik und der körperlichen Strapazen nicht ganz einfach war. Wie ich aus unzähligen Gangsterfilmen wusste, musste ich unbedingt die Beute loswerden, bevor man mich schnappte. Hektisch spähte ich durch die kleine Öffnung meines gelben Plastikschnabels.

Da entdeckte ich die Lösung.

Ungefähr fünfzig Meter vor mir saß ein Penner. Betrunken, trotz sommerlicher Temperaturen in zwei Jacken gehüllt, den schlaffen Oberkörper an einen Mülleimer gelehnt.

Was den Obdachlosen zu meinem perfekten Opfer machte, war seine überdimensionale Jamiroquai-Mütze, die als Sammelbeutel vor ihm stand. Der Penner würde meine »Organic Fried Chicken«-Tüte sicherlich hüten wie Gollum seinen Schatz. Spätestens, wenn er ihren Inhalt entdeckte.

Als ich vor ihm stehen blieb, sah der Obdachlose auf. Ein Grinsen zog seine Lippen auseinander und entblößte schwarze Zahnstummel. Dann lachte er los.

Dieses verkommene Subjekt, das jeden Dahergelaufenen um ein paar Cents anbettelte und ungeschminkt in jedem Zombiefilm auftreten konnte, machte sich über mich lustig! Das schlug dem Fass den Boden aus. Ich riss mir die Maske vom Gesicht und starrte ihn wutentbrannt an.

Er lallte eine Entschuldigung, wobei mir seine Fahne entgegenschlug.

»Fang!«, sagte ich trocken, warf ihm die Tüte zu und hastete weiter. Aus dem Augenwinkel sah ich noch, wie er einen Blick in die Tüte warf und den Inhalt dann langsam in seine von Urin starre Hose stopfte. Im selben Augenblick bog ein Polizeiwagen um die Ecke.

Ich sprintete los. Mit dem Elan einer Gazelle, aber dem Körper eines Masthuhns.

Wo konnte ich bloß dieses Kostüm loswerden? Während ich noch nach einer Antwort suchte, stolperte ich über meine überdimensionalen Krallen und lag nun wie ein fetter Käfer auf dem Rücken. Mit einem Ruck drehte ich mich auf die Seite. Hastig streifte ich mein Federkleid über den Kopf und schüttelte die Krallenschuhe ab. Nur noch mit einer gelb-weiß gestreiften Strumpfhose und meinem T-Shirt bekleidet rannte ich weiter.

»Stehen bleiben!«, bellte eine Stimme hinter mir.

Das klang so entschlossen, dass mir nichts anderes übrig blieb, als zu gehorchen. Langsam drehte ich mich um. Zwei Polizisten kamen auf mich zu; zum Glück hatten sie keine Waffe auf mich gerichtet. Ich lächelte unsicher.

»An die Hauswand, und Arme im Nacken verschränken!«

Krampfhaft versuchte ich, mein Lächeln aufrechtzuerhalten. »Aber wieso denn? Ich …«

»Mit dem Gesicht zur Wand! Zwingen Sie uns nicht, Gewalt anzuwenden!«

Ich zog meine Strumpfhose hoch und tat wie geheißen. Nach zehn Sekunden war die Durchsuchung abgeschlossen.

»Können Sie sich ausweisen?«

Verdammt! Bei meiner überstürzten Flucht hatte ich mein Jackett samt Handy und Portemonnaie in Böttners Büro liegen lassen. Was sollte ich sagen?

»Mein Ausweis ist leider gestohlen worden«, stotterte ich. »Aber warum muss ich mich denn ausweisen?«

Ich spürte, wie man mir die Hände auf dem Rücken zusammenführte und Handschellen anlegte.

»Wir haben einen Anruf von einem Mann erhalten, der zusammengeschlagen und ausgeraubt wurde«, hörte ich eine klanglose, tiefe Stimme in meinem Rücken. »Der Beschuldigte soll ein Hühnerkostüm getragen haben.«

Ich drehte mich um und sah die Polizisten vorwurfsvoll an. »Ich trage doch gar kein Kostüm!«

Unbeeindruckt deutete einer der Beamten in die Richtung, aus der ich gekommen war. In etwa zweihundert Metern Entfernung lag ein greller Stoffhaufen auf dem Gehweg, dessen Farbe erschreckend gut mit dem Gelb meiner Strumpfhose harmonierte.

»Verkleiden ist doch kein Verbrechen …«, sagte ich langsam.

»Räuberischer Diebstahl aber schon. Wie heißen Sie?«

»Ich … das muss ich Ihnen nicht sagen«, brachte ich mühsam hervor. »Ich bin hier nicht der Schuldige!«

»Ach nein? Wer dann?« Die Polizisten grinsten mich an. »Aber wie Sie wollen, dann warten Sie eben ein bisschen in der Zelle, bis wir Ihre Identität festgestellt haben. Das wird nicht lange dauern.«

Mit diesen Worten packten sie mich am Arm und

führten mich zum Streifenwagen. Ich bemühte mich, den Schmerz in meinem Bein zu verdrängen und mich aufrecht zu halten. Was hatte Böttner ihnen gesagt? Erinnerte er sich an meinen Nachnamen? Wenn nicht, konnte ich nur hoffen, dass er meine Brieftasche noch nicht gefunden hatte.

Die Polizisten brachten mich zum »Polizeikommissariat 31«, wie ich dem Schild im Eingangsbereich des Betonklotzes entnehmen konnte. Nachdem ich erneut durchsucht worden war und eine Weile in einem Vorraum gewartet hatte, erschien ein dicker Beamter und führte mich in einen großen, kargen Raum, der mich an ein Schlachthaus erinnerte, in das man ein paar Schreibtische gestellt hatte. Ich wurde auf einen Stuhl an einen der Tische gesetzt und sah in das Gesicht einer gelangweilt dreinblickenden Beamtin mit militärischer Kurzhaarfrisur. Ich entschied, mich zur Abwechslung mal nicht vor einer Frau zu rechtfertigen und einfach gar nichts zu sagen.

»Wo ist Ihr Ausweis?«

»...«

»Kennen Sie Johannes Böttner?«

»...«

»Was sagen Sie zu den gegen Sie vorgebrachten Anschuldigungen?«

»...«

»Na fein«, sagte die Frau schließlich, »dann hätte ich gerne Ihren rechten Daumen.«

Sie stellte einen kleinen schwarzen Kasten vor mir auf den Tisch, und ich legte meinen Daumen auf die markierte Fläche.

»Überlegen Sie sich, ob Sie Ihre Sicht der Dinge nicht doch zu Protokoll geben wollen. Wenn wir Ihre Identität festgestellt haben und der Zeuge für eine Gegenüberstellung erscheint, wird die ganze Sache nicht einfacher.« Die Beamtin sah mich abwartend an und winkte dann den Dicken herbei. »Bring ihn in die Zwei.«

»Die ist belegt. Er kann nur noch mit in die Sammelzelle.«

Die Beamtin sah mich mürrisch an. »Gut, dann in die Sammelzelle. Da ist er wenigstens unter seinesgleichen.«

Der Dicke schob mich unsanft durch einen langen Flur, vorbei an nummerierten Eisentüren. Warteräume für die Schlachtbank.

Der Bulle machte schließlich vor einer Metalltür halt, schloss auf und bedeutete mir mit einem knappen Kopfnicken hineinzugehen. Ich ging in den Raum, dessen hinterer Teil durch Gitterstäbe vom vorderen getrennt war. Mein Begleiter trat hinter mich, nahm mir die Handschellen ab und schloss die Gittertür auf. Unsanft schob er mich vorwärts und zog die Tür krachend wieder ins Schloss.

»Schicker Fummel, Kleiner«, sagte eine Männerstimme in Frauengestalt, die im hinteren Teil des Raumes auf einer Bank lag. Er oder sie hatte Brüste, kratzte sich aber zwischen den Beinen wie ein Kerl.

»Komm ruhig näher, ich beiße nicht«, sagte sie wie die Hexe in Hänsel und Gretel.

»Ach, schon gut, ich habe … heute schon den ganzen Tag gesessen«, sagte ich und blieb an der Gitterwand stehen.

»Men in tights, hm?«, hörte ich die giggelnde Baritonstimme der Transe hinter mir.

Von Witzen auf meine Kosten hatte ich mittlerweile mehr als genug. Ich schloss die Augen, verwünschte diesen Tag, OFC und meinen bescheuerten Chef Böttner, der mich zu einer Lachnummer gemacht und in diese missliche Lage gebracht hatte.

»Ich bin übrigens Andrea«, sagte mein Zellenkollege.

Ich öffnete die Augen und drehte mich vorsichtig um. »Ich bin Till.«

»Till. War 'ne harte Schicht für dich, oder? Du siehst ganz schön fertig aus.«

Wieso dachte Andrea, wir hätten den gleichen Job? Strumpfhose hin oder her, sie musste doch sehen, dass ich so etwas nicht freiwillig anzog. »Es war ein harter Tag, ja, aber nicht so, wie du denkst.«

»Ach nein? Mir musst du nichts vormachen, Schätzchen. Du hast da übrigens noch was.« Sie deutete mit dem abgekauten, gold lackierten Fingernagel ihres Zeigefingers an ihr Kinn.

Entnervt wischte ich mir mit der Handfläche über den Kiefer und pulte etwas Verkrustetes von der Haut. »Das ist kein … Ich hatte vorhin eine Eierschlacht mit meinem Chef.«

»Aha. Eine Eierschlacht«, wiederholte Andrea trocken.

»Ja, wir hatten Streit und haben uns mit Eiern beworfen. Mit Hühnereiern.«

In Andreas Gesicht wanderte eine Augenbraue nach oben.

»Ach, weißt du«, sagte ich und lehnte meinen Kopf gegen die kalten Metallstreben, »das ist eine lange Geschichte.«

EINS

Es war Samstag und einer dieser Hamburger Tage, an denen sich feiner Sprühregen mit handfesten Wolkenbrüchen abwechselte.

Ich war auf dem Weg zu einer WG-Besichtigung und viel zu spät dran. Noch dazu hatte ich meinen Regenschirm vergessen und spürte, wie mir der Regen kalt in den Nacken troff. Ein Scheißtag, den ich nur zu gerne mit einer großen Schale Milchkaffee und einem guten Buch neben meiner Liebsten im Bett verbracht hätte. Gedämpftes Licht, wohlige Wärme, leise Musik … Dumm nur, dass ich keine Liebste mehr hatte. Und nicht nur das: Ich hatte noch nicht mal mehr ein Bett, seit Kathrin sich entschieden hatte, dieses fortan mit ihrem Chef zu teilen.

Ich hatte mich seitdem bei meinem Kumpel Pit und dessen Freundin Constanze einquartiert, deren Geduld mit mir als Dauergast mittlerweile allerdings arg strapaziert war.

So lief ich durch diesen tristen Regentag in der Hoffnung, am Abend wenigstens wieder ein eigenes Zimmer zu haben.

Ich hatte einen Termin in der Elbchaussee, den ich um keinen Preis verpassen durfte. Die Suche nach einer neuen Bleibe in dieser Stadt war noch anstrengender als die Jobsuche und im Gegensatz zu meinem Vorstellungsmarathon für eine Anstellung als Chemielaborant bislang nicht von Erfolg gekrönt.

Ich hatte schnell feststellen müssen, dass mein mickriges

Einstiegsgehalt für eine eigene Wohnung nicht reichte – ebenso wenig wie für einen Makler, der mir diese besorgen konnte. Unterstützung von meinen Eltern? Fehlanzeige. Nachdem sie mir fünfzehn Semester Studium finanziert und mitbekommen hatten, dass ich eine Extrafinanzspritze für ein 500 Euro teures Sushimesser ausgegeben hatte, war die sorglose Zeit zu Ende gewesen. Sporadische Einladungen zum Sonntagsessen waren mittlerweile die einzigen Zuwendungen, die ich noch von ihnen bekam.

Also hatte ich meine Suche auf ein WG-Zimmer beschränken müssen. Mir hatte dabei eine eingeschworene Gemeinschaft lässiger Mitbewohner vorgeschwebt, die coole Leute mit nach Hause brachten. Ich hoffte darauf, dass sich dann die eine oder andere weibliche Bekanntschaft auch in mein Zimmer verirren würde, denn die Sache mit den Frauen fiel mir einigermaßen schwer.

Zunächst musste ich aber erst mal eine solche WG finden. Dummerweise entpuppten sich fast alle entsprechenden Anzeigen schnell als äußerst »kreativ« formuliert. Beschönigungen und selbst dreiste Lügen waren an der Tagesordnung. Jede Besichtigung hielt eine neue Überraschung bereit. Angefangen bei tierischen Mitbewohnern (»ja, es macht mir sehr wohl etwas aus, mich während deines Urlaubs um deine beiden Rottweiler zu kümmern«), über ungezügelte Freizügigkeit und Ökowahn (»nein, ich bin weder verklemmt noch ignorant, aber ich dusche einfach lieber allein, auch wenn das mehr Wasser verbraucht«), bis hin zu Wohngemeinschaften, die von tyrannischen Kindern dominiert wurden (»antiautoritäre Erziehung find ich ja grundsätzlich auch gut, aber kann der kleine Luca bitte endlich aufhören, mit seinem Stift in meinem Ohr nach Öl zu bohren?«).

Inzwischen war ich allerdings mit fast allem einverstanden. Brav lobte ich noch die dunkelste Besenkammer, verzichtete auf die Küchenmitbenutzung und hätte mein Zimmer sogar im Wechsel mit einer Schichtarbeiterin der Herbertstraße bewohnt. Und doch bekam ich immer wieder eine Absage.

So lief ich mit eingezogenem Kopf durch den Regen und hoffte, dass ich es noch rechtzeitig zum nächsten Termin schaffte und dass der von den Meteorologen versprochene Jahrhundertsommer endlich begann. Wenn dieser Sommer mich besänftigen und irgendwas wiedergutmachen wollte, würde er sich verdammt anstrengen müssen.

Völlig durchnässt stand ich schließlich in der Elbchaussee vor einem herrschaftlichen, weiß sanierten Altbau mit Fassadenstuck. Ich holte den Ausdruck der Anzeige hervor und überprüfte ungläubig die Hausnummer. Bevor der Regen die Tinte verlaufen ließ, stellte ich fest, dass ich mich tatsächlich an der richtigen Adresse befand. Ich stopfte den durchweichten Zettel in meine Hosentasche, trat in den Torbogen und suchte an den goldglänzenden Messingschildern den Namen »Jacobsen«. Als ich bei »I. Roth, T. Jacobsen und M. Schmidt« klingelte, dröhnte eine Frauenstimme aus der Gegensprechanlage: »4. Stock!« Der Türöffner summte, und ich schob die schwere Holztür auf.

Ich rechnete mit einer langen Schlange im Treppenhaus, denn die Anzeige hatte sich traumhaft angehört:

Ein wunderschönes Zimmer in einer 170 qm großen Altbauwohnung, abgezogenes Fischgrätparkett, Stuck, Flügeltüren, superhohe Decken. WLAN, Kabel TV, Telefon Flatrate, alles inklusive.

Das Zimmer ist teilmöbliert, hat 37 qm, einen eigenen Südwest-Balkon und einen tollen, unverbauten Blick auf die Elbe. Espressomaschine und begrünte Dachterrasse zum Grillen für Gemeinschaftsnutzung vorhanden.

Das klang eigentlich zu gut, um wahr zu sein. Insgeheim rechnete ich damit, dass es sich um ein besonders kreatives Inserat handelte. Aber ich brauchte endlich eine neue Bleibe, zumal ich in zwei Tagen meinen hart erkämpften neuen Job antreten sollte. Ich musste dieses Zimmer kriegen.

Den ersten Treppenabsatz nahm ich im Sprint. Die Deckenhöhe des Gebäudes lag ungefähr bei vier Metern, sodass der vierte Stock etwa dem sechsten eines normalen Hauses entsprach. Zumindest in diesem Punkt war der Inserent bei der Wahrheit geblieben. Im dritten Stock bekam ich kaum noch Luft und griff nach dem Treppengeländer. Es war Ewigkeiten her, dass ich Sport gemacht hatte, und die vielen Frustfuttereien hatten ihre Spuren hinterlassen. Meine von Natur aus ohnehin nicht besonders gute Kondition war an einem historischen Tiefpunkt angelangt.

Keuchend kam ich schließlich oben an. Mein weißes Hemd, das eigentlich über meine momentane Verfassung hinwegtäuschen sollte, war nun ebenso durchnässt wie mein Trenchcoat.

In dem Moment öffnete sich die Wohnungstür. Eine kleine rothaarige Frau stand im Türrahmen und sah mich irritiert an.

Ich öffnete den Mund, war aber so außer Atem, dass ich kein Wort herausbekam. Schnell griff ich in die Manteltasche und fischte nach der ausgedruckten Anzeige. Doch das völlig durchweichte Papier war nur noch ein einziger Pappmaschee-Brei. Vergeblich versuchte ich, mir die klebrig-nassen Papierfetzen an der Innenseite meiner Manteltasche von den Fingern zu streifen.

Die Rothaarige sah entgeistert zu, wie ich keuchend und durchnässt in meinem Mantel wühlte. Dann gewann sie die Fassung wieder und knallte mir die Wohnungstür mit einem Wutschrei vor der Nase zu. Ich hielt inne, blickte an mir herunter und auf die von meiner Hand ausgebeulte Manteltasche. Langsam begriff ich, welchen Eindruck ich bei ihr hinterlassen haben musste.

Ein dummes Missverständnis, das sich bestimmt schnell aus der Welt schaffen ließ. Schließlich war ich mit meinen jungenhaften Zügen, verwuschelten, halblangen schwarzen Haaren und meinen eins neunundsiebzig nicht der Typ, vor dem Frauen Angst hatten.

»Es ist ein Mann!«, hörte ich plötzlich eine Stimme hinter der Tür. »Ein Perverser, der sich daran aufgeilt, wenn man ihn nur ansieht.«

»Bist du sicher?«, fragte eine zweite, weichere Frauenstimme.

Immer noch schwer atmend presste ich mein Ohr an die Tür.

»Da, hörst du das?«, sagte die erste. »Der steht immer noch da und stöhnt!«

Ich versuchte, meinen Atem zu kontrollieren, wischte mir das Wasser aus dem Gesicht und stopfte gerade mein Hemd zurück in die Jeans, als die Tür erneut aufgerissen wurde.

»Das gibt's doch nicht! Mit der Hand in der Hose!«, brüllte die Rothaarige. »Jetzt reicht's!«

Sie hielt mir eine kleine rote Dose vors Gesicht. Noch bevor ich realisierte, worum es sich dabei handelte, brannte es wie Feuer in meinen Augen und in meiner Lunge. Schreiend schlug ich die Hände vors Gesicht und fiel auf die Knie. Meine Augen tränten wie verrückt, und ich bekam kaum noch Luft, als die Frau die Tür wieder zuknallte.

Ich hatte in meinem Leben stets vermieden, an Demonstrationen teilzunehmen, und war noch nie in Kontakt mit einem sogenannten »Reizmittel« gekommen. Auf meine neu gewonnene Erfahrung hätte ich allerdings gern verzichtet. Wie konnte es sein, dass dieses Zeug ohne Waffenschein erhältlich war?

»Moment, ich erwarte ein Päckchen, vielleicht ist das nur der Paketbote«, drang es dumpf durch die Tür.

»Nie im Leben, der Typ hat gar kein Paket dabei«, zischte die andere.

Die Wohnungstür öffnete sich erneut. Ich hielt mir schützend die Hände vors Gesicht.

»Der tut mir irgendwie leid.« Durch die Finger sah ich schemenhaft, wie mich eine blonde Frau durch den Türspalt musterte.

»Bullshit, solche Typen haben es nicht anders verdient!«, polterte es aus der Wohnung. Ich hätte gerne etwas dazu gesagt, aber meine gepfefferten Stimmbänder brannten wie Feuer. Ich drückte eine Hand an meine Kehle, der daraufhin ein gurgelndes Geräusch entfuhr.

»Ja, ich weiß, das kommt vom Pfefferspray … Sind Sie der Paketbote?«, wollte die junge Frau wissen, die ich nun langsam besser erkennen konnte. Sie hatte mittellanges blondes Haar und ein rundes, natürlich-hübsches Gesicht mit einem vollen Mund. Die weiblichen Rundungen ihrer Figur und die Art, wie sie sich sanft das Haar hinter die Ohren strich, machten mich verlegen.

Ich schüttelte den Kopf.

»Marion, du hast recht, das ist nicht der Paketbote«, rief sie über die Schulter in die Wohnung, »aber das ist ganz sicher auch kein Perverser.«

Ich nickte heftig und rappelte mich auf. Meine Fürsprecherin sah mich mitleidsvoll an. »Du musst aus deinen nassen Sachen raus, sonst holst du dir noch den Tod.«

Sie stellte sich als Tessa vor. Heiser brachte ich ein »Till Gericke, angenehm« hervor.

Tessa führte mich an der fassungslosen Rothaarigen vorbei ins Badezimmer. Behutsam zog sie die Tür hinter uns zu und forderte mich auf, meine Klamotten auszuziehen. Ihre grünen Augen sahen mich abwartend an, während sie leicht mit den Zähnen auf ihrer Unterlippe kaute.

Langsam zog ich meinen Trenchcoat aus und wartete darauf, dass Tessa das Bad verließ. Stattdessen fing sie an, in einem Schrank mit Handtüchern zu wühlen. »Du kannst dich da hinter dem Vorhang umziehen«, sagte sie und deutete mit dem Kopf in Richtung Badewanne. Rasch stieg ich in die Wanne und pellte mich weiter aus meinen nassen Klamotten. Als ich nur noch mit meiner nunmehr durchsichtigen Boxershorts bekleidet war, hielt ich inne und lauschte. Worauf wartete sie? Wollte sie mir nicht endlich ein Handtuch reichen oder etwas Trockenes zum Anziehen? »Tessa-a …?«

»Sorry, ich war abgelenkt. Gib mir mal deine Klamotten, dann tue ich die in der Küche in den Trockner.«

Ich streckte das nasse Bündel etwas widerwillig hinter dem Vorhang hervor. Sie nahm mir die Sachen ab und bewegte sich nicht vom Fleck. »Die Unterhose würde ich an deiner Stelle auch ausziehen, Blasenentzündungen sollen bei Männern noch unangenehmer sein als bei Frauen.«

Ich zögerte. Wollte sie mich unbedingt nackt sehen, oder

was? Andererseits … was, wenn sie recht hatte? Ein Besuch beim Urologen war sicher kein Spaß. Ich beugte mich vor, stieg aus meiner Unterhose und starrte währenddessen auf die Pastellstreifen des Duschvorhangs. Fast erwartete ich, dass Dudelmusik erklang, der Vorhang zwischen uns langsam weggezogen wurde und Tessa bei meinem Anblick die Hände vorm Gesicht zusammenschlug. Mit einem krebsrot angelaufenen Gesicht würde ich dann meine Blöße mit dem Duschkopf verdecken, während Kai Pflaume das Traumziel des gemeinsamen Hubschrauberflugs verkündete.

»Komm ins Wohnzimmer, wenn du so weit bist«, sagte Tessa und machte Anstalten, das Bad zu verlassen.

»Was soll ich denn anziehen?«

»Ach so, stimmt … An der Tür hängt mein Bademantel. Wenn es dir nichts ausmacht, kannst du den anziehen.«

Kurz meinte ich, mich verhört zu haben. Tessas Unerschrockenheit machte mir langsam etwas Angst. Aber ich hatte wohl keine andere Wahl. »Okay, danke!«

Als Tessa gegangen war, kletterte ich aus der Wanne, um die Tür abzuschließen. Dann bemerkte ich zwei sehr unschöne Dinge. Erstens, dass es keinen Schlüssel gab, und zweitens die Farbe von Tessas Bademantel.

Da mir nichts anderes übrig blieb, zog ich den Mantel trotzdem an und trat ans Waschbecken. Schnell wusch ich mir das Gesicht, spülte meine Augen mit kaltem Wasser und gurgelte mir den Pfeffer aus der Kehle. Ein Blick in den Spiegel zeigte mir, dass meine Augen immer noch rot und gereizt waren. Ich nahm das Handtuch, das auf dem Waschbeckenrand lag, und rubbelte meine Haare trocken. Dann trat ich todesmutig in den Flur.

Am Ende des Korridors führte mich eine offene Tür ins Wohnzimmer. Eine Landschaft riesiger L-Sofas, gemütliches, gedimmtes Licht, brennende Kerzen vor den altbautypischen Kassettenfenstern und – tatsächlich – Fischgrätparkett.

Alles, was ich in der Anzeige gelesen hatte, war wahr! Und obendrein war die Wohnung in einer stilvollen Mischung aus antiken und modernen Möbeln eingerichtet.

»Hier, wärm dich erst mal auf.« Tessa trat aus der angrenzenden Küche und reichte mir eine große, dampfende Schale Milchkaffee. »Setz dich doch.«

Ich nahm die Schale entgegen und setzte mich in die Mitte eines der großen Sofas. Ich kam mir vor wie im Traum. Ich wollte, nein, ich *musste* dieses WG-Zimmer um jeden Preis bekommen.

»Alles wieder okay bei dir?«, fragte Tessa.

»Ja, danke«, sagte ich, presste meine Knie aneinander und trank einen Schluck Kaffee. »Zumindest den Umständen entsprechend.« Ich warf grinsend einen Blick auf mein Gewand, das aus einer knallrosa Flauschmasse bestand. Ich sah aus wie der Duracell-Hase.

»Steht dir aber gut. Gefällt er dir?«, gab sie augenzwinkernd zurück.

Plötzlich räusperte sich jemand hinter uns. Ich fuhr herum. Die rothaarige Furie.

»Brauchst hier gar nicht so rumzuschleimen.« Offensichtlich war ich ihr immer noch suspekt.

»Okay, okay«, sagte ich, »können wir uns nicht einfach ein bisschen unterhalten, so wie normale Leute?«

»Natürlich«, sagte Tessa und setzte sich mit ihrer Tasse Kaffee in der Hand zu mir. »Und Marion will das eigentlich auch, denn im Grunde hat sie ein weiches Herz.« Tessa drehte sich zu ihrer Mitbewohnerin um. »Nicht wahr, Marion? Komm, hol deinen Tee und setz dich zu uns.«

Marion sagte nichts, setzte sich aber auf das gegenüberliegende Sofa.

Jetzt ging es los.

»Tolle Wohnung habt ihr hier«, sagte ich, »noch viel größer und schöner als in der Anzeige beschrieben.«

»Moment mal.« Tessa sah mich fragend an. »Du kommst doch nicht etwa wegen des Zimmers?«

»Doch, natürlich«, sagte ich und drückte den Rücken durch.

»Du?« Marion verzog das Gesicht.

»Ja, warum? Wäre das so schlimm?«

»Und ob! Aber das Zimmer ist eh schon weg.« Marion machte eine wegwerfende Handbewegung.

Ich sah zu Tessa. Sie nickte.

In diesem Moment kam, nein, *schwebte* eine weitere Mitbewohnerin ins Zimmer. Sie hatte einen schwarzen Pagenkopf mit geradem Pony und trug ein dunkles Negligé, dessen leichter, seidener Stoff auf den Wölbungen ihres perfekten Körpers schimmerte.

Ich hatte es immer gewusst: Im Paradies herrschte ein Matriarchat.

Die fleischgewordene Männerfantasie schien mich gar nicht zu bemerken und starrte auf das Handy in ihrer Hand. »Hört mal, ich habe gerade eine SMS bekommen, die blöde Kuh hat abgesagt. Sie findet uns zu … ausgefallen.«

Ich horchte auf. Sollte es das Schicksal doch noch gut mit mir meinen?

Ich blickte zwischen den dreien umher. Sie waren alle ungefähr Ende zwanzig, so wie ich. Davon abgesehen konnten sie kaum unterschiedlicher sein. Ein bisschen verrückt erschienen sie mir auch. Aber mittlerweile fand ich das irgendwie spannend.

»Also, ich wäre noch interessiert«, sagte ich, während ich mich vorbeugte und die leere Tasse auf den Couchtisch stellte.

Mit einer leichten Drehung ihres Kopfes nahm mich jetzt auch die dritte wahr. Ungläubig sah sie mich an. Sie schien definitiv *not amused.*

»Den hab ich vor Marion gerettet, Isabel«, erklärte Tessa.

»Mit deinem Bademantel? Wovor gerettet? Davor, hier nackt sitzen zu müssen?«

»Das ist etwas kompliziert«, mischte ich mich ein, »aber eigentlich bin ich nur wegen des Zimmers hier.«

Isabel drehte sich zu mir. Sie bewegte sich langsam und präzise, mit einer seltenen Anmut. »Schön für dich. Aber das geht leider nicht.«

»Und wieso nicht? Was ist denn mit mir? Ihr kennt mich doch gar nicht!«

»Ganz einfach, es gibt da ein … klitzekleines Problem.« Isabel deutete mit ihrem Zeigefinger zwischen meine Beine, die ich sogleich fest zusammenpresste. Ich zog den Bademantel enger und verschränkte die Arme. Was sollte das Ganze? Gab es ein Problem mit meiner Größe? Oder damit, dass ich beschnitten war? Was hatte Tessa im Bad gesehen?

Irritiert blinzelte ich in die Runde und betete, dass es neben diesen Hardcore-Emanzen noch mindestens einen männlichen Mitbewohner gab.

»Wir sind eine reine Frauen-WG«, sagte Tessa.

»Das stand klipp und klar in der Anzeige.«

Das war Marion.

Verdammt, da hatte ich wohl mehr als eine Kleinigkeit überlesen. Ich versuchte, in die Offensive zu gehen: »Und warum, wenn ich fragen darf?«

»Männer bringen nur Unglück«, sagte Marion ausdruckslos.

»Und umgekehrt ist das anders, oder wie? Ich kenne Frauen, die ihre Männer verlassen und wie Dreck behandeln.«

Schweigen.

»Glaubt ihr wirklich, alle Männer sind Schweine? Findet das hier keine ein kleines bisschen zu pauschal?«

»Na ja, wir haben eben schlechte Erfahrungen gemacht«, sagte Tessa und strich sich eine Haarsträhne hinters Ohr.

»Ihr habt alle *nur* schlechte Erfahrungen mit Männern gemacht?«

»Ja genau. Und jetzt wird es Zeit, dass du gehst«, entschied Marion.

Langsam wurde es mir wirklich zu viel. »Ist ja schon gut. Kannst das Pfefferspray stecken lassen.«

Isabel stemmte die Hände in die Hüfte. »Was? Schon wieder?«

»Nur ein ganz, ganz kleines bisschen«, kam es leise von Marion.

»Die volle Ladung«, korrigierte ich.

Isabel sah mich plötzlich sanfter an. »Jetzt verstehe ich auch diesen Aufzug. Und deswegen sind deine Augen so rot.«

Dann wandte sie sich an Marion. »Was hatten wir vereinbart?«

Marion zog gleichgültig die Augenbrauen hoch.

»Marion ist etwas paranoid«, erläuterte mir Isabel. »Als ich mit dem neuen Haarschnitt ankam und nachts meinen Schlüssel vergessen hatte, hat sie die Nummer auch mit mir abgezogen. Glaub mir, ich weiß, wie heftig das ist.«

Ich sah Isabel mitleidsvoll an. Zum ersten Mal lächelte sie. Das machte mir Mut, und ich wagte mich noch einmal vor. »Meint ihr nicht, dass ihr mit mir mal eine Ausnahme machen könntet?« Ich sah vorsichtig in die Runde.

»Keine Chance«, sagte Isabel bestimmt.

»No fucking way! Und damit basta!«, ergänzte Marion.

Ich war fassungslos. Endlich hatte ich die perfekte Bleibe gefunden, die mir jetzt, obwohl es keine anderen Bewerber gab, vorenthalten bleiben sollte! Wieder wurde mir meine missliche Lage bewusst. Bei Pit und Constanze konnte ich nicht bleiben, der neue Job begann übermorgen. Ich wollte nicht zurück in den Regen, um unter die nächste Brücke zu ziehen. Aber was konnte ich tun? Mein Schicksal schien besiegelt und das nur, weil ich ein Mann war. Ich hatte keine Chance. Es sei denn …

»Ich bin schwul.«

»Was?« Die Frauen sahen mich entgeistert an.

»Ich bin schwul«, wiederholte ich und sah eine nach der anderen ernst an. »Ich hätte zwar nicht gedacht, dass das irgendwie relevant ist oder überhaupt eine Rolle spielen sollte, aber wenn es euch damit besser geht: Ich bin schwul – und das ist auch gut so!« Irgendwo hatte ich mal gelesen, dass es die eigene Rede verstärkt, wenn man berühmte Zitate einbaute.

Isabel sah mich skeptisch an. »Das ist doch nicht wahr, oder?«

Ich musste mich zusammenreißen, um nicht auf ihr Negligé zu starren. »Doch. Wieso nicht? Nur, weil ich nicht groß ›schwul‹ auf der Stirn stehen habe?«

»Niemals!«, fauchte Marion und griff in die Dose mit Erdnüssen, die auf dem Tisch stand. Krachend zermalmte sie eine Handvoll zwischen den Zähnen.

»Du willst schwul sein?«, fragte mich jetzt auch Tessa und sah mich lange an.

»Ja.« Mir wurde abwechselnd heiß und kalt. Jetzt kam ich aus der Sache nicht mehr raus.

»Beweise!«, forderte Marion.

»Beweise? Was denn für Beweise?«

»Wie heißt dein Freund?«

»Mein Freund? Also … ich hab gerade keinen.«

»Aha. Und dein Ex?«

»Jan.«

»Jan weiter?«

Wer hier das Verhör leitete, war klar. Fieberhaft suchte ich nach einem Namen. »Jan Weiler«, sagte ich.

»Das ist doch ein Schauspieler oder so.«

Verdammt! »Na und? So hieß er eben. Der Name ist ja auch nicht besonders ungewöhnlich.«

»Was für Musik hörst du, und in welche Klubs gehst du?«

Marion kannte kein Pardon. Ich kam ins Schleudern. Ich kannte keinen einzigen Gay Club in Hamburg. »Also … ich gehe gern ins … ins … Duck Royal.«

»Ist das nicht ein Chinese?«, fragte Isabel. Leider Gottes hatte sie recht. Es war der Laden, in dem ich gestern Abend allein eine Nudelpfanne gegessen hatte.

»Nie gehört«, sagte Tessa.

»Ist auch eher Underground, da muss man sich schon ein bisschen in der Szene auskennen.«

»Ah, ja klar.« Tessa nickte.

»Und wo bitte ist dieser Klub?«, fuhr Marion dazwischen.

»In wechselnden Locations.« Ich fühlte mich etwas sicherer. »Die ziehen nach jedem Event um. Man muss sich umhören, wann und wo die nächste Party steigt.«

»Ist ja spannend.«

Ich schenkte Tessa ein Lächeln, das hoffentlich nicht zu viel Dankbarkeit ausstrahlte.

Marion blieb weiterhin unbeeindruckt. »Und was hörst du für Mucke, hm?«

Was für eine Scheißfrage. Hatte man in diesem Spiel keinen Joker? Fieberhaft überlegte ich. Was war die tuckigste Musik, die ich kannte? Village People, Elton John, Gloria Gaynor, Pet Shop Boys, Freddie Mercury – alles zu alt.

Vielleicht …

»Hurts höre ich gern.«

»Okay, das reicht, das ist doch wirklich egal.« Es war Tessa, die mir zu Hilfe kam. Mein Joker!

»Finde ich auch. Außerdem ist es ein stereotypes, sexistisches Klischee, vom persönlichen Musikgeschmack Rückschlüsse auf die sexuelle Präferenz zu ziehen«, sagte Isabel kühl. Anscheinend konnte man hier doch differenziert denken.

»Na gut.« Marion gab klein bei und schnippte sich ein paar Erdnüsse in den Mund.

»Sollen wir abstimmen? Ich denke, wir konnten uns ein Bild machen«, sagte Isabel. »Kannst du kurz nach nebenan gehen?«

Ich nickte, ging in die Küche und schloss die Tür hinter mir. Als ich den Trockner sah, nahm ich meine Klamotten aus der Trommel und normalisierte endlich mein Erscheinungsbild. Ich setzte mich auf einen Küchenstuhl und rechnete mir meine Chancen aus.

Marion, der weibliche Macho, würde als Initiatorin des Männerembargos sicher gegen mich stimmen. Tessa hingegen wähnte ich auf meiner Seite, und bei Isabel war alles möglich.

Ich fühlte mich müde und erschöpft. Das war keine

WG-Besichtigung, das war ein Nahkampf an drei Fronten. Oder wenigstens an zweien.

Als mich Tessa zurück ins Wohnzimmer rief, saßen die drei in einer Reihe und sahen mich ernst an. Angespannt näherte ich mich.

»Mein lieber Till«, begann Tessa. »Wir sind zu einem Ergebnis gekommen.«

»Was du heute gezeigt hast, war schon nicht schlecht.« Isabel hatte ihre Stimme verstellt und machte ein Pokerface.

»Aber wir denken, du kannst noch mehr.« Nun schmunzelte sie.

Tessa lachte, und die Situation entspannte sich endlich. »Marion hat nichts gegen schwule Männer.«

»Fast nichts!«, warf Marion ein.

Abwartend sah ich die Damen an.

Tessa setzte sich auf. »Wir wollen es mit dir versuchen. Ein einstimmiges: Willkommen!«

Ich war perplex. Das konnte doch nicht … Tessa ging in die Küche und kam mit vier Schnapsgläsern und einer Flasche gelber Flüssigkeit zurück. Nachdem sie eingeschenkt hatte, erhob sie ihr Glas. »Jetzt stoßen wir erst mal an. Prost! Auf unseren neuen Mitbewohner!«

Erleichtert griff ich nach einem randvollen Glas.

»Prost!«, sagte ich und strahlte in die Runde. »Was soll ich sagen? Danke!«

»Willkommen auch von mir«, sagte Marion gepresst, bevor die drei ihre Gläser auf ex leerten. Ich tat es ihnen gleich und musste als Einziger husten.

»Das ist ein Selbstgebrannter von meinem Opa. Gut, oder?« Tessa schenkte munter nach.

»Stößchen … oder wie sagt ihr?«, flachste Isabel.

Ich nickte eilig und trank. Der Alkohol stieg mir sofort zu Kopf, aber das war jetzt egal. Ich hatte allen Grund zum Feiern! Unter dem belustigten Blick der Mädels goss ich mir ein weiteres Glas ein.

»Wann willst du eigentlich einziehen?«, fragte Isabel.

»Morgen. Oder am besten bleibe ich gleich hier«, sagte ich mit einem Blick zum Fenster. Draußen war es dunkel geworden, der Regen hatte nicht nachgelassen.

»Jetzt gleich?« Marion schien von der Idee wenig begeistert.

»Na komm, du hast ihn ja auch ziemlich übel zugerichtet«, sagte Tessa.

Marion zuckte mit den Schultern. »Wenn's sein muss.«

Ich konnte nicht mehr aufrecht sitzen und ließ mich in die weichen Sofakissen sinken. Wenn Kathrin doch nur sehen könnte, wie ich hier in dieser Traumwohnung entspannt auf dem Sofa lag und mich mit gleich drei Frauen gleichzeitig betrank.

Ich vergrub meinen Kopf zwischen den Kissen und schloss die Augen. Nur für ein paar Minuten, sagte ich mir, bis sich nicht mehr alles dreht.

Als ich erwachte, lag ich auf einem großen Futon. Um mich herum: meine drei neuen Mitbewohnerinnen.

»Wo bin ich?«

»In deinem neuen Reich«, sagte Tessa begeistert. »Wir wollen dir kein Zimmer vermieten, das du nicht vorher gesehen hast.«

Das wollte ich eigentlich auch nicht, aber alles war so schnell gegangen, dass ich ganz vergessen hatte, mein Zimmer zu besichtigen.

Ich richtete mich auf und blinzelte ins Licht der Lampe,

die neben dem Bett stand. Der Raum war ebenso großzügig und gemütlich wie der Rest der Wohnung. Ich sah die drei fragend an. »Wie seid ihr eigentlich an so eine Wohnung gekommen?«

»Wir hatten einfach Glück«, sagte Tessa. »Gefällt es dir?«

Langsam gewöhnten sich meine Augen an das Licht. Am anderen Ende des Zimmers erkannte ich eine Flügeltür, die auf den Balkon führte. Zu meiner Rechten stand ein alter Teakholz-Schreibtisch, daneben ein Vintagesofa in Salz-und-Pfeffer-Optik. Der Rest des Raums lag im Dunkeln. Ich musste ohnehin nicht mehr überzeugt werden.

»Es ist wunderbar! Aber wie bin ich ins Bett gekommen? Habt ihr mich rübergetragen?«

»So ungefähr.« Isabel grinste.

»Und warum erinnere ich mich nicht daran?«

»Das liegt wohl am Absinth«, erklärte Tessa. »Mein Opa stammt aus Polen und braut den immer noch so, wie er ihn als ›Begrüßungsgetränk‹ für die deutschen Besatzer gebraut hat.«

Das Teufelszeug hatte mich in Vollnarkose versetzt. So etwas musste eigentlich dem Kriegswaffenkontrollgesetz unterstellt werden.

Hatten sie mich etwa auch …? Ich spürte den Stoff des Bettlakens am Po. Sie hatten. Spätestens jetzt hatte ich keine Geheimnisse mehr vor ihnen.

»Wir dachten, dass du damit sicher kein Problem hast, wir sind ja nur Frauen«, sagte ausgerechnet Marion. Alle drei prusteten sie los, während ich nur ein gequältes Lächeln zustande brachte.

Meine Mitbewohnerinnen erhoben sich, kicherten einen dreifachen Gute-Nacht-Wunsch und zogen die Tür ins Schloss.

Ich atmete tief durch. Was für ein Tag! Aber ich hatte endlich ein Zimmer. Ich hatte zwar zu einer Notlüge greifen müssen, aber der Zweck heiligte die Mittel. Ich musste einfach ein bisschen den Schwulen spielen, bis sie sich an mich gewöhnt hatten und mich auch als Hetero akzeptierten.

ZWEI

Am Morgen weckte mich ein Schiffshorn. Nachdem ich mich an meinen derzeitigen Aufenthaltsort erinnert und mich zu diesem beglückwünscht hatte, sprang ich aus dem Bett und zog T-Shirt und Boxershorts an. Ich trat durch die Flügeltür auf meinen Balkon und sah ein majestätisches Containerschiff die Elbe hinabfahren.

Es hatte aufgehört zu regnen, und die Luft schien von allem gereinigt, was gestern noch die Atmosphäre vergiftet hatte. Ich atmete tief durch. Vereinzelt brachen Sonnenstrahlen durch die Wolken, der Jahrhundertsommer begann.

Beschwingt schlenderte ich den Flur entlang zum Bad und dachte an den doppelten Espresso mit Milchschaumhaube, den ich mir nach dem Duschen genehmigen würde, umringt von meinen Frauen, die mir lachend den Schaum von der Nase streichen würden, und … Das Lächeln auf meinem Gesicht gefror, als ich das Badezimmer betrat. Ein übler Geruch stach mir in die Nase.

Kathrin hatte stets meine Illusion aufrechterhalten, dass Frauen in jeder Lebenslage wie ein Blumenbouquet dufteten. Jetzt wurde ich eines Besseren belehrt.

Ich trat in etwas Spitzes und hob erschrocken den Fuß. Auf dem Badezimmerboden lag eine kleine gelbliche Sichel.

»Hey, kannst du nicht anklopfen?« Erschrocken sah ich auf. Marion saß mit angewinkeltem Bein auf dem Badewannenrand und übte sich im Fußnagelweitknipsen.

Mein irritierter Blick verweilte einen Moment zu lange an den Rändern ihrer weißen Frotteeunterhose.

»Raus hier, sofort!«, rief sie wütend.

Ich machte auf der Stelle kehrt und verließ in Windeseile das Bad. Ich hätte ja auch gerne auf dieses Zusammentreffen verzichtet – ebenso wie auf die Entdeckung, dass bei Marion nicht nur auf dem Kopf rotes Gestrüpp wucherte. Ich nahm mir vor, in Zukunft immer anzuklopfen und bei der nächsten Gelegenheit ein »Besetzt«-Schild einzuführen.

Als ich in die Küche kam und Tessa sah, verwarf ich diesen Gedanken wieder. Sie schien gerade vom Joggen gekommen zu sein und machte einen Obstsalat. Sie trug kurze, enge Shorts und ein knappes Top, das die Sicht auf ihren ebenmäßigen Rücken freigab. Es fiel mir schwer, den Blick abzuwenden. Verdammt, wenn ich nicht auffliegen wollte, musste ich mich zusammenreißen.

Am Tisch saß Isabel. Sie hing über einer Schale Müsli und würdigte mich keines Blickes.

»Guten Morgen«, begrüßte mich Tessa. »Kaffee?«

»Gerne, kann eure Maschine einen doppelten Espresso mit Milchschaum?«

»Im Normalfall schon, aber die hat so ihre Eigenarten.«

Wie passend. Ich setzte mich zu Isabel, die wild auf ihrem Handy rumtippte. Als es klingelte, verdrehte sie die Augen und rauschte aus der Küche. Sekunden später krachte ihre Zimmertür geräuschvoll ins Schloss.

»Jetzt sind wenigstens alle wach.«

Tessa nickte. »Isabel ist ein Morgenmuffel. Außerdem hat sie gerade einen Typen abserviert, da ist sie meistens schräg drauf.« Sie öffnete den Kühlschrank. »Ich fürchte, aus deinem Milchschaum wird leider nichts.«

»Macht nichts, dann einfach Kaffee mit Milch.«

»Auch nicht, die Milch ist leider aus. Schwarz?«

»Nee danke, schwarz trinke ich ihn nicht, dann lieber keinen Kaffee. Oder habt ihr Sahne?«

Marion kam in die Küche marschiert.

»Na, das geht ja gut los, auch noch Extrawünsche, der Herr Spanner!« Sie trug jetzt einen straff geschnürten Bademantel, dessen Gürtel ihren Bauch in zwei Rollen teilte.

»Ich wusste doch nicht, dass du … Warum habt ihr auch keinen Schlüssel?«

»Noch keinen einzigen Einkauf gemacht und schon beschweren, dass nicht alles vorrätig ist«, giftete Marion, nahm am anderen Ende des Tisches Platz und griff nach einer Schale Pistazien. Mit geübten Griffen brach sie die grünen Kerne aus den Schalen, sammelte sie in ihrer Handfläche und kippte sie sich in den weit geöffneten Mund. »Wenn du wissen willst, was noch alles fehlt«, sagte sie und kaute mir offenem Mund weiter. »Da am Kühlschrank hängt eine Einkaufsliste mit Sachen, die wir ALLE brauchen.«

»Klar, besorge ich gern. Wo ihr mir hier so nett Männerasyl, äh, Unterschlupf gewährt.« Ich grinste die mürrische Marion an und registrierte aus den Augenwinkeln, dass das Blatt am Kühlschrank äußerst eng beschrieben war.

»Das finde ich super von dir«, sagte Tessa und stellte vier Gläser mit frisch gepresstem Orangensaft auf den Tisch. In diesem Moment kam Isabel zurück in die Küche, nahm ein Glas und trank es noch im Stehen aus. Ihre Laune schien sich ansatzweise gebessert zu haben, sie wirkte wieder so kontrolliert und kühl, wie ich sie kennengelernt hatte.

Eine Weile saßen wir alle friedlich am Tisch und tranken unseren Saft. Bis ich Marions eindringlichen Seitenblick bemerkte.

»Du lässt dir doch nicht etwa 'nen Bart stehen?«

Diese Frau war unglaublich, sie ließ immer noch nicht von mir ab. Ich stellte mein Glas fest auf den Tisch und sah ihr direkt in die Augen. »Wie du dir vielleicht vorstellen kannst, hatte ich gestern keine Rasiersachen dabei«, sagte ich schroffer als beabsichtigt, »aber was spräche dagegen?«

»Ich finde das ekelig und unhygienisch.«

»Ach, Marion, lass ihn doch«, sagte Tessa, »wir haben dich damals doch auch mit Bart genommen.«

Isabel prustete eine Ladung Orangensaft über den Tisch. Tessa wischte sich ein paar Fruchtfleischstücke vom Arm und fing ebenfalls zu lachen an.

»Ha! Ha! Ha!«, sagte Marion, während ihr die Röte ins Gesicht stieg und sie die Lippen kräuselte.

Angesichts der Vorstellung eines rot schimmernden Damenbartes über Marions Oberlippe musste ich mich zusammenreißen.

Ich sah mich in der Küche um. Auf der Fensterbank lag zwischen zwei Töpfen mit Hängepflanzen ein altes Telefonbuch. Über der Küchenzeile mit Spüle, Herd und Geschirrspülmaschine prangte ein beeindruckend reich gefülltes Gewürzregal. So gut war selbst meine Küche nicht ausgerüstet gewesen, dabei liebte ich es zu kochen. Kathrin zufolge das Einzige, was ich richtig konnte. Sie hatte mir oft genug vorgehalten, dass ich nichts aus meinem Leben machte und keine Karriere verfolgte, die es erlaubte, auch mal schick in den Urlaub zu fahren oder ein Auto zu kaufen. Vielleicht hätte sie mich ohne meine Kochkünste, mit denen ich sie dann besänftigt hatte, schon viel früher verlassen. Ich wusste mittlerweile nicht mehr, warum sie überhaupt mit mir zusammen gewesen war.

»Hört mal«, sagte ich in die glucksende Runde, »ich würde gerne für euch kochen, zur Feier meines Einstands.«

Marion brummte in ihren nicht mehr vorhandenen Bart.

»Bei dem, was hier so an Gewürzen rumsteht, kocht ihr doch auch gerne, oder?«

»Nope, keine von uns«, sagte Isabel gelangweilt und trank ihr Glas aus.

»Die Gewürze sind noch von Marions Vorgängerin«, erklärte Tessa, »aber essen tun wir alle gern.«

»Na dann … Habt ihr heute Abend schon was vor?«

Kopfschütteln.

»Gut, dann lasst euch überraschen.«

Tessas Mundwinkel sprangen nach oben.

»Na schön«, meinte Isabel schließlich gedehnt, »aber ein paar Dinge musst du noch beachten – steht alles hier drin.« Sie beugte sich zur Fensterbank und griff nach dem Wälzer, den ich für ein Telefonbuch gehalten hatte. »Das sind die WG-Regeln«, erklärte sie und ließ das Buch in meinen Schoß sinken.

»Genau! Lesen und auswendig lernen!«, sagte Marion mit ausdrucksloser Miene.

»Ja, klar …«, sagte ich, wobei ich insgeheim hoffte, dass es sich um einen Scherz handelte.

»Bis heute Abend! Nein, besser bis vor dem Kochen. Wenn du hier wohnen willst, musst du dich an die Regeln halten. Andernfalls … goodbye!« Marion stürzte den letzten Schluck Orangensaft hinunter und langte noch einmal beherzt in die Pistazienschüssel, bevor sie mit gefüllten Fäusten das Zimmer verließ.

Ich sah Tessa und Isabel an. Tessa zuckte nur mit den Schultern. Isabel war schon wieder mit ihrem iPhone zugange.

»Gut«, sagte ich und stand auf, »dann widme ich mich mal eurer Variante von *Krieg und Frieden.*«

In meinem Zimmer legte ich mich aufs Bett und schlug widerwillig das Regelwerk auf.

Inhaltsverzeichnis:

1. Sauberkeit
2. Einkaufsregeln
3. Putzplan
4. Por-NO!

Ich war nicht überrascht, dass man der Abneigung gegen frauenfeindliche Erwachsenenunterhaltung einen prominenten Platz einräumte. Im Grunde hatte ich nichts dagegen, hoffte aber doch, dass das Grundgesetz und das darin verbriefte Recht auf Privatsphäre auch in dieser WG galt.

5. Ruhezeiten
6. Fernsehregeln
7. Düngezeiten der Zimmerpflanzen

...

Jeder Punkt hatte diverse Unterpunkte. Der Wälzer war umfangreicher als die UN-Charta – nur leider nicht ganz so menschenfreundlich. Ich schlug das Buch ungelesen zu. Für das kleine Einmaleins des Zusammenlebens brauchte ich keine Anleitung. Das dachte ich jedenfalls.

DREI

Bevor ich meine drei Mitbewohnerinnen mit einem köstlichen Abendessen beeindrucken konnte, musste ich noch meinen Umzug bewerkstelligen. Als ich mich dazu bei Kathrin ankündigte, machte sie mir klar, dass ich dafür keine Hilfe brauchen würde: Sie hatte beschlossen, meine Möbel zu behalten, womit meine restlichen Habseligkeiten in einen Twingo passten.

Nachdem ich beim Discount-Autoverleih ewig hatte warten müssen, machte ich mich in meinem geliehenen Gefährt mit einiger Verspätung auf den Weg zu unserer alten Wohnung. An einer roten Ampel erfuhr ich per SMS, dass Kathrin nicht hatte warten können und unterwegs zum Flughafen war. Sie führe für einen Kurzurlaub in ein Wellnesshotel und wolle meinetwegen nicht die ersten Anwendungen verpassen.

Ich schleuderte das Handy auf den Beifahrersitz, von wo es in den Fußraum sprang, und erfüllte der hupenden Schlange hinter mir den Wunsch, endlich über die Ampel zu fahren, die während meiner SMS-Lektüre auf Grün gesprungen war. Es war nicht zu fassen! Ich malte mir aus, wie sich Kathrin in ein nobles Wellnessressort einladen ließ, in dessen Relaxräumen sie sich nach der Hot-Stone-Massage und dem ayurvedischen Meersalzpeeling zusammen mit einem fetten, hässlichen Kerl, der mehr Haare in den Ohren als auf dem Kopf hatte, eine Schlammpackung verpassen ließ.

Ich fuhr rechts ran, tastete im Fußraum des Beifahrersitzes nach meinem Handy und bat Kathrin mit zitternden Fingern, doch bitte umzukehren, um mir meine Sachen auszuhändigen. Dass ich sie darum bitten musste! Ihre Antwort kam prompt: Sie seien leider schon auf der Autobahn. Ich sah Kathrin mit wehendem Kopftuch in einem Porsche Cabrio an der Seite ihres Chefs, der gerade ein ebenso hochriskantes wie hirnrissiges Überholmanöver einleitete, während Kathrin entzückt auflachte.

Ich tippte die Frage, was mit meinen Sachen sei. Wieder kam die Antwort sofort: Die stünden vor der Tür, in Eimsbüttel klaue doch keiner was. Adieu.

Wütend schlug ich auf das Lenkrad ein. Kurz bevor ich den Rückspiegel ohrfeigte, erinnerte ich mich daran, dass ich mich in einem Leihwagen befand und mich besser beeilen sollte, wenn ich meine Sammlung alter Vinyls jemals wiedersehen wollte. Ich schwor mir, Kathrin und ihren Sugardaddy mit Hot Stones zu steinigen und anschließend in Fango-Schlamm zu ertränken, sollten meine Platten auch nur einen Kratzer haben.

Vor dem Haus stand mein Ledersessel neben einem Haufen Kartons, die gerade von einer Horde Jugendlicher durchwühlt wurden. Ich hupte, bremste scharf ab und sprang aus dem Wagen. »He! Haut ab! Das gehört mir!«

Die Teenager stutzten, waren aber längst nicht so entschlossen wie ich und verzogen sich grummelnd.

Ich begutachtete den Schaden. Von meinen Platten fehlte alles von Grandmaster Flash bis House Wives Vol. 03, und von meinen DVDs war nur noch der Kasten vorhanden, in dem ich sie aufbewahrt hatte.

Ich atmete tief durch, bis ich wieder einen klaren Gedanken fassen konnte, und wägte ab, ob ich die Jugendlichen verfolgen oder zum Flughafen fahren und Kathrin noch vor Ankunft in ihrem Wellnesstempel einen Einlauf verpassen sollte.

Schließlich entschied ich mich dafür, meinen verbliebenen Kram zu sichten. Immerhin waren mein 60er-Jahre-Sessel, meine Küchenutensilien und meine Poster noch da. Auch meinen Plattenspieler, meinen Trekkingrucksack, meinen alten Globus und meinen roten Aschenbecher aus Muranoglas, den mir Pit mal von einem Mittelmeertörn mitgebracht hatte, hatten sie mir gelassen. Auf dem Bürgersteig fand ich außerdem ein altes Sweatshirt, das Kathrin abends oft beim Fernsehen angehabt hatte. Ich hob es auf, klopfte den Straßenschmutz ab und stopfte es zwischen die Platten. Wo die anderen Klamotten waren, wollte ich schon gar nicht mehr wissen.

Nachdem ich bei Pit meine übrigen Sachen abgeholt und sie zusammen mit meinen verbliebenen Habseligkeiten in die Elbchaussee verfrachtet hatte, schloss ich als Erstes den Plattenspieler an. Ich hielt kurz inne und überlegte, ob *Flip Fantasia* von US3 auch von Schwulen gehört wurde, kam dann aber zu dem Schluss, dass Acid Jazz unverfänglich war.

Langsam begann ich, meine Kartons auszuräumen, und entrollte ein Poster, das Jean Seberg und Belmondo in *Außer Atem* zeigte. Konnte ich das aufhängen?

»Cooles Foto, das hatte ich auch mal.«

Ich drehte mich um. Tessa stand in der Tür und spähte neugierig in mein Zimmer.

»Magst du auch alte französische Filme?«

Sie durchquerte den Raum und ließ sich in meinen Ledersessel fallen. »Ja, vor allem die mit Belmondo, der hat so eine wahnsinnige Ausstrahlung und Sex-Appeal, findest du nicht?«

»Ähm, ja, schon. Aber wusstest du, dass er total klein ist? Die mussten den beim Drehen ganz oft auf ein Podest stellen. In *Ein Affe im Winter* merkt man das total, da sieht man ihn ganz oft nur bis zur Hüfte.«

»Wirklich? Ist mir noch gar nicht aufgefallen.«

»Doch, doch, c'est vrai«, sagte ich nonchalant und blickte mich nach einer geeigneten Wandfläche um. Wie gut, dass ich mir keine Pierre & Gilles-Poster mit halb nackten Männer-Ikonen übers Bett hängen musste.

»Ich freu mich schon auf nachher«, sagte Tessa und stand auf. Ich erwiderte ihr Lächeln und sah ihr nach, als sie aus dem Zimmer ging.

Nachher?

Das Essen! Ich hatte noch nichts eingekauft, und heute war Sonntag. Ich eilte in die Küche und inspizierte Kühlschrank und Vorratskammer. Erfolglos. Gewürze waren das Einzige, was in rauen Mengen vorhanden war – aber Dillspitzen in Rosmarin-Lorbeer-Sud an Chilischoten und Rosinen konnte ich den Damen wohl kaum auftischen.

Wo konnte ich jetzt noch Lebensmittel kaufen? Da kam mir eine Idee. Kurzerhand schnappte ich mir meine Jacke und verließ die Wohnung.

Zwanzig Minuten später stand ich am Herd. Ich hantierte abwechselnd mit Gewürzdosen und Pfannenwender, schichtete dann alle Zutaten in eine Auflaufform und schob sie in den Ofen.

Ich hatte den Tisch gedeckt und war gerade dabei, den Weißwein zu entkorken, als Isabel und Tessa in die Küche kamen.

Isabel nahm ein Glas, ließ sich einschenken und trank. Sie verzog das Gesicht. »Der schmeckt ja wie Benzin!«

Ich stutzte. Ich hatte die Flasche zwar bei Aral erstanden, aber das überraschte mich nun doch.

»Das muss am Ölschiefer liegen, auf dem der Riesling wächst.« Sicherheitshalber probierte ich einen Schluck. Isabels Vergleich war leider nicht ganz abwegig. Wortlos goss ich Gläser- und Flascheninhalt ins Spülbecken.

»Ich habe wohl noch nicht viel verpasst. Schenkst du hier Frostschutzmittel aus, oder was?« Marion sah mich feindselig an und nahm am Küchentisch Platz.

Ich lächelte gekünstelt. »Normalerweise ist das ein guter Wein, für eure Hoheit aber selbstverständlich viel zu durchschnittlich.«

Sie schürzte die Lippen und sah zum Ofen. »Gibt's auch was zu essen?«

»Nur Geduld, ist gleich fertig.«

»Ich hab noch Wein«, kam Isabel auf das eigentliche Problem zurück und verschwand. Als sie zurück in die Küche kam, präsentierte sie zwei Flaschen 2001er Barolo. »Hab ich gestern bei Karstadt mitgehen lassen.«

Marion sah sie vorwurfsvoll an. »Du wolltest doch nicht mehr …«

»Alles cool! Da kann nichts passieren. Der Ladendetektiv steht auf mich. Aber, Till, erzähl du doch lieber mal was.« Sie goss Wein ein und prostete mir zu.

»Was denn?« Ich war gerade dabei, die Form aus dem Ofen auf den Tisch zu bugsieren.

»Alles«, sagte Marion, schnitt den Auflauf an und lud sich eine große Portion auf den Teller. Ohne auf die anderen zu warten, schob sie sich die Gabel in den Mund und sog durch einen kleinen Spalt zwischen den Lippen Luft ein.

Ich verteilte den Rest des Auflaufs auf die anderen Teller. »Alles? … Also, 1492 hat Kolumbus Amerika entdeckt, die Bundesrepublik Deutschland wurde 1949 gegründet, der erste Kanzler war Konrad Adenauer. In Neuseeland gibt es flugunfähige Papageien, und die Erde ist eine Kugel.«

Isabel und Tessa schmunzelten.

»Und was hast du hier gekocht?«, fragte Marion mit vollem Mund.

»Es schmeckt jedenfalls super, das kannst du öfter machen«, sagte Isabel.

»Find ich auch«, pflichtete ihr Tessa bei.

»Ja, sehr lecker. Aber was ist das denn nun genau? Vegetarischer Bolognese-Auflauf?«

Ich konnte ein Lächeln nicht unterdrücken. »Ich nenne es Lasagnettini. Statt Nudelblättern habe ich Spaghettini genommen und die ganz eng zusammengelegt. Zwischen den Nudelschichten liegt ganz unten ein Tomatenbett, das ich vorher mit Knoblauch und Lauchzwiebelstreifen in Olivenöl angeschwitzt habe. Wichtig ist, dass die Frühlingszwiebeln ganz dünn geschnitten sind, damit sich ihr Aroma gut verteilt und sie nicht mehr zwiebelig schmecken. Statt der Béchamelsoße habe ich Parmesan und ein wenig Rosmarin-Pecorino schmelzen lassen und gratiniert – das ist nicht so schwer und gibt gleichzeitig ein kräftigeres Aroma. Ansonsten darf natürlich Thymian nicht fehlen. Hier wäre natürlich frischer besser gewesen, aber …«

»Deswegen schmeckt es so sehr nach Italien.« Tessa leckte ihre Gabel ab.

»Stimmt. Und der Tofu nimmt die Aromen auch gut an, passt wirklich toll«, sagte Marion und kratzte die letzten Nudelreste von ihrem Teller.

Tofu? Mich beschlich ein ungutes Gefühl. Ich verdrängte den Gedanken an die Hausordnung, die ich nicht gelesen hatte, sagte nichts und hielt mich an meinem Weinglas fest.

»Zurück zu dir, Till. Was machst du denn eigentlich so?«

Zum Glück war Isabel hartnäckig. Dankbar griff ich den Themenwechsel auf. »Ich bin Chemielaborant und hab nach meinem Studium zuletzt ein paar Monate gejobbt. Jetzt hab ich aber einen festen Job. Morgen fange ich als Laborassistent bei LaRouge Cosmetics an.«

Isabel beugte sich vor. »Ach echt, bei LaRouge? Kannst du uns da ein paar Proben mitbringen? Es gibt da so eine neue Wundercreme, die hätte ich gern.«

»Keine Ahnung, aber da lässt sich bestimmt was machen. Wobei mir einfällt … Kann mir jemand für morgen früh ein paar Duschsachen leihen? Hab ich völlig vergessen einzukaufen.«

Marion nickte. »Klar, kein Problem. In dem kleinen Körbchen am Wannenrand ist noch eine rote Flasche mit Shampoo, das ich eh nicht mehr benutze. Das kannst du gerne haben.«

Ich war mir nicht sicher, ob ich ausgerechnet Marions Pflegeprodukte benutzen wollte, freute mich aber über den selbstverständlichen Ton in ihrer Stimme.

Überhaupt entwickelte sich alles wunderbar. Bald würde ich mein kleines Geheimnis lüften können. Beschwingt öffnete ich die zweite Flasche Wein und schenkte nach.

»Warum hast du eigentlich keinen Freund?«, fragte Isabel wie aus dem Nichts.

Alle Blicke ruhten auf mir.

»Mein Exfreund hat mich rausgeschmissen. Sie, also *er*, ist mit seinem Chef durchgebrannt.«

»Echt? Scheiße. Das kennt man ja sonst eher von Frauen«, sagte Tessa mitfühlend.

Isabel sah mich irritiert an. »Wieso ›sie‹?«

»Na ja …«, ich druckste herum, »… in Homo-Beziehungen gibt es oft auch eine Rollenverteilung. Einer ist eher die Frau, der andere der Mann.«

»Verstehe. Und du warst also der Mann?«, fragte Isabel.

»Ja«, sagte ich. Es war erleichternd, dass ich einmal bei der Wahrheit bleiben konnte.

»Jetzt quetscht ihn doch nicht so aus«. Marion war aufgestanden und begann, den Tisch abzuräumen. Ihre plötzliche Freundlichkeit war geradezu beängstigend.

»Genau. Jetzt will ich aber auch wissen, was ihr so macht, Mädels!«

»Ach, von meiner Seite gibt es da nicht viel zu erzählen«, sagte Isabel, »ich studiere Germanistik. Einen festen Freund gibt es nicht, aber viele Anwärter.« Sie ballte ihre Hand zur Faust und gab das unsichtbare Mikro weiter an Marion, die am Mülleimer stand und die Käsekruste von Tessas Teller kratzte. »Ich habe eine Ausbildung als …« Plötzlich hielt sie inne. »Was ist *DAS* denn?«, schrie sie mit schriller Stimme. »Das war ja gar kein Tofu!« Mit hochrotem Kopf riss sie die Verpackung des Tiefkühlhackfleischs, das ich an der Tankstelle erstanden hatte, aus dem Mülleimer und knallte sie auf den Tisch.

Tessa starrte mich entgeistert an. »Hast du die Regeln nicht gelesen? Marion ist Vegetarierin!«

»Ach kommt, wann hätte ich denn den ganzen Wälzer lesen sollen? Wenn es *sooo* wichtig ist, hättet ihr es mir doch auch gleich sagen können!«

»Alles, was da drin steht, ist WICHTIG, du, du …«, keifte Marion und hielt sich plötzlich den Bauch. »Ich glaube, mir wird schlecht.« Gefolgt von einer besorgt dreinblickenden Tessa verschwand Marion Richtung Bad.

Isabel blieb ungerührt sitzen. Sie befeuchtete ihren Zeigefinger mit der Zungenspitze und fuhr über den Rand ihres Glases, bis ein heller Glockenton erklang.

Entnervt sammelte ich die Teller ein und versuchte, die würgenden Geräusche aus dem Bad auszublenden. Ein Jammer um den guten Barolo.

»Geschieht ihr recht.«

Überrascht sah ich Isabel an.

»Ach, ist doch wahr! Gut, dass es auch mal sie trifft. Sie ist ja auch nicht zimperlich beim Austeilen.«

»Das kann man wohl sagen.«

»Mich nervt schon lange, wie sie sich hier aufführt. Wie ein Diktator! Diese ganzen Regeln. Unerträglich!«

Ich hatte Isabel noch nie so gesprächig erlebt. »Was hat sie eigentlich gegen mich? Und gegen Männer generell?«

»Keine Ahnung«, sagte Isabel und fuhr die Adern auf ihrem Handrücken nach. »Ich würde diesen vorgeschobenen Männerhass nicht so ernst nehmen. Bevor du kamst, hatte sie auch schon permanent schlechte Laune.« Sie sah auf und blickte mich herausfordernd an. »Vielleicht steht sie ja auch auf dich und muss erst mal damit klarkommen, dass du nun mal leider schwul bist.«

Ich wandte den Blick ab. »Ja, klar.«

Als im Bad die Toilettenspülung rauschte, stand ich schnell auf. »Ich geh dann mal lieber. Ich werde mich noch ein wenig mit einer neunschwänzigen Katze geißeln und dann in den Schlaf weinen.«

»Sag Bescheid, wenn du Hilfe brauchst. Mit so was kenn mich aus.«

Hatte sie das wirklich gesagt? »Womit? Mit Weinen?«

»Ja, genau, mit Weinen«, sagte sie leicht grinsend und sah auf ihre schwarz lackierten Fingernägel.

Ich rang mir ein Lächeln ab. »Danke, aber das schaff ich schon allein. Gute Nacht.«

Ihr Handy klingelte. Sie wandte sich ab und nahm das Telefonat entgegen. Auf dem Weg in mein Zimmer hörte ich sie säuseln: »Das möchte ich ja auch, aber morgen Abend bin ich schon verabredet …« Ihre Stimme wurde schärfer. »Ist doch egal, mit wem, setz mich nicht so unter Druck.«

Frauen blieben mir ein ewiges Rätsel.

VIER

Am nächsten Morgen stand ich früh auf und schlich auf Zehenspitzen durch den Flur. Im Bad kniff ich meine kaum geöffneten Augen beim Anblick von Tessas Bademantel noch weiter zusammen, zog mich wankend aus und stieg in die Badewanne.

Am Wannenrand stand wie versprochen eine rote Shampooflasche – die einzige im Raum, in dem ich am Samstag noch eine beeindruckende Palette an Pflegeprodukten bewundert hatte. Wahrscheinlich ein Wink mit dem Zaunpfahl, LaRouge-Produkte mitzubringen.

Egal. In Ermangelung eines Duschgels seifte ich mich von Kopf bis Fuß mit dem Shampoo ein, das ziemlich maskulin roch, fast etwas streng. Schnell spülte ich mir mit einem kräftigen Strahl aus der Brause den Schaum vom Körper.

In der Küche musste ich feststellen, dass die Milch schon wieder alle war. Und das, obwohl ich erst gestern zwei Liter eingekauft hatte. Ohne einen Milchkaffee würde ich den Anweisungen meines neuen Chefs nicht folgen können, also musste ich wohl oder übel noch einen Umweg über eine Starbucks-Filiale machen. Und je eher ich die Wohnung verließ, desto geringer die Chance, doch noch einer meiner Mitbewohnerinnen über den Weg zu laufen.

Schnell zog ich meinen Trenchcoat über und machte mich auf den Weg.

Bei Starbucks wurde mein Zeitvorsprung von einer ungelernten Aushilfe zunichtegemacht, die mir erst den falschen Sirup in meinen Latte kippte und dann den Becherdeckel nicht richtig festdrückte, sodass ich mir die Hälfte meines Getränks beim Verlassen des Ladens über mein weißes Hemd kippte.

Mit fünfzehn Minuten Verspätung betrat ich schließlich das imposante Stahlglasgebäude von LaRouge. Schnell ging ich auf den Empfangstresen zu und sah dabei meine Umrisse über den schwarzen Marmor der blank polierten Bodenfliesen huschen. Die Empfangsdame verwies mich auf einen weiß gepolsterten Sessel, dessen Form an eine geöffnete Muschel erinnerte. Ich setzte mich und suchte das Polster vergeblich nach Fusseln ab, bis eine Personalsachbearbeiterin in die Empfangshalle hineinklackerte, mir statt der Hand kaum mehr als die Fingerspitzen reichte und mich in ihr Büro führte. Ich erhielt eine Einweisung in die Sicherheits- und Hygienevorschriften, stellte mich vor eine weiße Wand und lächelte schief, als die Personalfrau den Auslöser einer kleinen Digitalkamera betätigte. Meine elektronische Keycard könne ich mir später abholen, die müsse nun noch mit dem Foto bedruckt werden.

Mein neuer Chef nahm meine mittlerweile halbstündige Verspätung zum Anlass für eine erste Standpauke. Herr Wichmann war ein hagerer, verhärmt aussehender Mann mit trockener Haut und Tränensäcken, der erst mit ungnädigem Blick meine Chucks und Lieblingsjeans taxierte, dann den Kaffeefleck auf meinem Hemd bemerkte und mich dann aufforderte, morgen doch bitte sauber zur Arbeit zu erscheinen. Dies sei eine mündliche Verwarnung.

Er führte mich in eine Halle, die an einen überdimensionalen OP-Saal erinnerte. An langen, gefliesten Laborbänken saßen etwa fünfzig Mitarbeiter, die mit ihren Laborkitteln,

Latex-Handschuhen, Haar-Hauben und Mundschutzen eher an Außerirdische als an menschliche Wesen erinnerten. Als ich an meinen neuen Kollegen vorbeiging, sah keiner von seiner Arbeit auf.

An meinem Platz angekommen, erklärte mir Herr Wichmann den »Workflow«. Er deutete auf eine Glaswand, hinter der man die Produktionsstraße sah. In riesigen, waschmaschinenähnlichen Homogenisatoren wurden die Zutaten automatisch zu verschiedenen Cremes vermischt. Kleine weiße Kunststoffdosen mit Proben der fertigen Produkte liefen dann über schmale Fließbänder auf die Labortische, wo sie von den Laboranten auf Keimfreiheit und die korrekte chemische Zusammensetzung sowie auf Konsistenz und Beschaffenheit geprüft wurden.

Aufrecht saßen die Kittelträger an ihren Arbeitsplätzen, pipettierten Creme auf Petrischalen oder klemmten Glasträger auf die Objekttische der Mikroskope. Vor ihnen standen in Plastikgestellen mehrere Glasflaschen mit chemischen Flüssigkeiten, Reagenzien und Lösungsmitteln.

Gab der Laborant die Charge frei, füllte hinter der Glaswand eine weitere vollautomatische Anlage die Creme in Tuben, die dann an die Verpackungsstation weiterliefen.

Als wir an den einzig freien Labortisch im Raum kamen, zeigte mir Wichmann noch den kleinen Laborkühlschrank, aus dem ich jetzt gerne eine kühle Mate genommen hätte, und erklärte mir, wie sich die Höhe meines Stuhls einstellen ließ. Er drückte mir einen roten Edding in die Hand und hob den Zeigefinger. »Nicht verlieren. Damit beschriften Sie die fehlerhaften Proben.«

Wichmann winkte den nächstbesten Laboranten heran, bedeutete ihm, mir den Vorgang der Probenprüfung zu erklären, und wandte sich zum Gehen. »Ihr Arbeitsplatz hat übrigens die Nummer 666. Merken Sie sich das.« Mit diesen Worten ließ mich Wichmann allein.

Natürlich.

The number of the beast.

Zehn Stunden später hatte ich mein Tagespensum erledigt. Meine Kollegen waren allesamt schneller gewesen und längst gegangen. Wenn ich mich recht erinnerte, hatte der Personalchef im Vorstellungsgespräch die »durchschnittliche Arbeitszeit« etwas anders definiert. Auch zwischen dem, was er als »abwechslungsreiche, verantwortungsvolle Tätigkeit« beschrieben hatte, und meiner neu gewonnenen Arbeitserfahrung bestand eine gewisse Diskrepanz.

Hinzu kam, dass mich den ganzen Tag ein fürchterlicher Juckreiz gepeinigt hatte, den ich auf meine luftdichte Arbeitskleidung zurückführte. Ich hatte es nicht gewagt, mich in dem sterilen Tempel unter den Augen von fünfzig Hygienefanatikern zu kratzen. Außerdem hatte ich das Gefühl, einen strengen Geruch zu verbreiten, was mein Wohlbefinden zusätzlich beeinträchtigte.

Auf dem Nachhauseweg erstand ich bei Starbucks für einen Stundenlohn den letzten Salamibagel und am Kiosk eine Packung Kaugummis. Das war das Leben eines arbeitenden Mannes. Ich hoffte, dass sich der Feierabend mit meinen Frauen erfreulicher gestalten würde.

Vorsichtig schloss ich die Wohnungstür auf und spähte in den Flur. Von Marion keine Spur. Ich zog Schuhe und Mantel aus und schlich ins Wohnzimmer. Am Wohnzimmertisch saß Tessa über einen großen Block gebeugt und skizzierte etwas.

Ich ging zu ihr und sah ihr über die Schulter. Sie zeichnete an einer Art Comic. Ihr Strich war grob, die Bilder waren aber trotzdem sehr detailreich und erinnerten mich an die Wimmelbücher aus meinen Kindertagen.

Ich war begeistert. Sie hatte wirklich Talent. Ich erkannte den Gänsemarkt, eine Frau auf Fahrradtour an der Elbe, eine Katze auf dem Fensterbrett in der Küche, drei streitende Frauen, die ich nur zu gut erkannte. Das letzte Bild zeigte einen Mann am Herd, der mir verdammt ähnlich sah.

»Was ist das?«

Tessa blickte überrascht auf. »Till, ich hab dich gar nicht gehört …«

Sie hob kurz die Augenbrauen und sah dann wieder auf ihren Block. »Das ist ein Tagebuch in Bildern. Das mache ich so nebenbei. Ich bin eigentlich Illustratorin, aber im Moment habe ich keinen Auftrag.«

»So, wie du zeichnest, müssten dir die Verlage doch die Tür einrennen.«

»Es gibt leider zu viele, die super zeichnen und bereit sind, für 'nen Appel und 'n Ei zu arbeiten.« Sie zog mit den Zähnen leicht an ihrer Unterlippe und zuckte mit den Schultern. »Ist nicht leicht in der Branche. Aber wie lief es denn bei dir heute?«

»Durchwachsen. Mein Chef hat alle Qualitäten eines Guantanamo-Aufsehers, und ich muss den ganzen Tag im Akkord Cremes testen – dafür hätte ich echt nicht studieren müssen. Mal sehen, wie es weitergeht.« Ich setzte mich auf den Stuhl neben ihr. »Sag mal, wegen gestern Abend … Die Sache tut mir echt leid.«

Tessa wischte sich mit der Hand über die Nase und lehnte sich zurück. »Marion wird's verkraften. Aber lies bitte wirklich mal die Hausordnung.«

Ich nickte. »Klar. Ich würde es gerne wiedergutmachen. Hast du eine Idee, womit man Marion besänftigen kann?«

»Hm, schwierig.« Tessa tippte mit dem Kopf des Bleistiftes gegen ihr Kinn.

»Was gefällt ihr denn so? Außer allen die Stimmung zu vermiesen?«

Tessa schmunzelte. »Essen. Vor allem Nüsse. Ganz besonders Macadamia.«

»Okay, danke!« Ich stand etwas zu schnell auf, da sich der Juckreiz zurückmeldete, und lief rasch aus dem Zimmer. Im Flur stieß ich auf Isabel.

»Ach, Gott sei Dank nur du«, entfuhr es mir, während ich mich an ihr vorbeischob.

»Keine Bange. Marion ist auf dem Skunk-Anansie-Konzert. Apropos Skunk … Was hast du heute eigentlich gemacht? Du riechst, als ob du gerade aus einem Stall kommst.«

Bevor ich antworten konnte, verschwand sie in ihrem Zimmer. Ich hob meinen Arm und roch an meiner Achsel. Ich verströmte immer noch diesen komischen strengen Geruch, der vermutlich auch Tessa schon aufgefallen war. Schnell ging ich ins Bad, wo wundersamerweise wieder eine ganze Batterie von Duschsachen stand. Ich riss mir die Kleider vom Leib, drehte das Wasser auf, sprang in die Wanne und griff kurzerhand zu den Tuben und Flaschen neben mir. Einmal konnte ich die Sachen sicher benutzen, schließlich geschah es im Interesse der Allgemeinheit. Ich genoss es, alles, was auf dem Wannenrand stand, durchzuprobieren. Die cremige Konsistenz der Duschgels, der sämige, chemisch stabilisierte Schaum der Shampoos und die Vielzahl an Duftstoffen ließen mich für einen Moment vergessen, unter welchen Bedingungen diese Produkte hergestellt wurden.

Endlich konnte ich mich wieder riechen, auch wenn mich nun ein Hauch Feminität umwehte. Und das Jucken nicht verschwunden war.

FÜNF

Die Woche verging im Rhythmus der Stechuhr. Ich kam so spät nach Hause und verließ die Wohnung so früh, dass ich meine Mitbewohnerinnen kaum zu Gesicht bekam. Meine zwischenmenschlichen Kontakte beschränkten sich auf ein Minimum, sodass ich sogar fast die Reibereien mit Marion zu vermissen begann.

Bei der Arbeit überraschte mich Wichmann mit einer Art Lob. Ich hätte mich schnell eingearbeitet. Auf meine vorsichtige Frage, ob sich dieses besondere Vertrauen auf absehbare Zeit vielleicht auch in meiner Gehaltsabrechnung widerspiegeln würde, verzog er das Gesicht. Es sei für alle in der Firma eine anstrengende Zeit, jedes Zahnrad müsse funktionieren, damit die bundesweite Markteinführung von »LaSea«, dem neuen Spitzenprodukt von LaRouge, zum Erfolg werden würde. Da müssten persönliche Bedürfnisse einfach mal hintangestellt werden, klar. Übrigens sei Ende der Woche hier im Haus das Shooting für die Werbekampagne, da müsse dann noch mehr auf Sauberkeit geachtet werden als sonst.

Ich wusste fast nichts über die neue Creme außer ihrem exorbitanten Preis, dem missglückten Slogan »LaSea macht lasziv« und dem Pressetext zur Markteinführung:

»… LaSea enthält echte Mineralien aus der Tiefsee, dem Jungbrunnen der Weltmeere. Forscher haben die verjüngenden Wirkstoffe von Tiefseemineralien bereits in zahlreichen dermatologischen Tests bestätigt.«

Verjüngende Mineralien aus der Tiefsee? Vermutlich hatte LaRouge seine Pipeline gleich neben der von BP verlegt. Es klang in meinen Ohren jedenfalls nicht danach, als taugte das neue Zeug etwas oder als könnte es gar meinen Juckreiz lindern.

Ich litt nach wie vor unter einem Dauerkribbeln, besonders auf dem Kopf, das einfach nicht verschwinden wollte. Meine Arbeitskleidung machte die Sache noch schlimmer. Unglaublich, dass ich für solchen Humbug meine Gesundheit vernachlässigte, meine gesamte Freizeit opferte und an meinem überklimatisierten Arbeitsplatz den Beginn des Jahrhundertsommers verpasste.

Immerhin schaffte ich es am Donnerstag in der Mittagspause, nachdem sich meine Augen an das Sonnenlicht gewöhnt hatten, ein paar Dinge einzukaufen. Milch für meinen Morgenkaffee, die immer noch oder schon wieder im WG-Kühlschrank fehlte, und ein paar Nussspezialitäten, für die ich zögerlich den letzten Schein aus meinem Portemonnaie zog.

Am späten Abend klopfte ich entschlossen bei Marion an.

Ich hörte, wie sie sich mit stampfenden Schritten der Tür näherte, die plötzlich vor mir aufgerissen wurde. Kein Wunder, dass sie bei diesem Energieverbrauch ständig etwas essen musste.

»Mutig von dir, hier aufzukreuzen.«

Durch die offene Tür schlug mir der Geruch von Räucherstäbchen und Patschuli entgegen. Hinter Marion erkannte ich Korbmöbel auf Flickenteppichen und Flokati, *Emma*-Plakate, Frida-Kahlo-Bilder und Nepaldecken vor den Fenstern.

Ich grinste breit. »Schön hast du's hier.«

»Was willst du?«

»Ich … ich wollte mich entschuldigen wegen Sonntag. Es war keine Absicht. So was kommt nicht mehr vor, versprochen.« Ich streckte ihr die Nüsse hin. »Hier, als kleine Geste der Wiedergutmachung. Das sind Rauchmandeln, Wasabipeas, kandierte Walnüsse und Macadamias. Alles Bio und Fairtrade … Friede?«

»Hmm …« Sie sah mich misstrauisch an.

Ich zog die Tüte wieder zurück.

»Okay, okay. Meinetwegen. Friede.« Sie schnappte sich die Tüte und schloss die Tür.

Später meldete sich Pit. Seit meinem Auszug hatte ich nichts mehr von ihm gehört. Höchste Zeit für ein Wiedersehen. Wir verabredeten uns spontan im »Krähennest«, wo Pit die hübsche südländische Kellnerin kannte. Als ich in den Innenhof trat, sah ich ihn sofort: ein breitschultriger blonder Adonis, der mit seiner natürlichen Aura die ihn umgebenden Menschen überstrahlte.

Wir hatten seit der zehnten Klasse zusammen die Schulbank gedrückt, ich hatte aber erst bei einem Segelkurs in der Oberstufe gemerkt, dass der schöne Pit ein prima Kerl war. Seit wir nach einer Patenthalse auf der Alster gemeinsam im Wasser gelandet waren, verband uns etwas, das uns den Kontakt zueinander nicht verlieren ließ. Wir hatten komplett unterschiedliche Wege eingeschlagen: Pit war immer weitersegelt, während ich im kalten Wasser der Alster begriffen hatte, dass dieser Sport einfach nichts für mich war. Pit war dann nach dem Studium für ein Volontariat bei einer großen Zeitung in den Süden gegangen; heute arbeitete er in Hamburg bei einem großen Magazin im Politikressort.

Ich setzte mich zu ihm, lehnte mich zurück und sog die frische Hamburger Luft ein. Über mir baumelten bunte Lampions in den Bäumen, und schon stellte die hübsche Kellnerin mit einem Augenzwinkern in Pits Richtung zwei Bier auf den Tisch.

Pit prostete mir zu, wir tranken und wischten uns den Schaum vom Mund. »Also, erzähl mal. Wie läuft's?«

Es widerstrebte mir, lange über meine Arbeit zu reden, und ich fasste die letzten Tage in drei Sätzen zusammen.

Pit sah mich ernst an. »Du weißt schon, dass du ein Recht auf bessere Arbeitsbedingungen hast?«

Ich zuckte mit den Schultern. Bevor er sich zu politischen Reden aufschwang, sagte ich: »Klar«, und bemühte mich, bestimmt zu klingen, »aber ich mache das ja auch nur für den Übergang.«

»Kannst du da wenigstens was abgreifen, um deine Mädels zu beeindrucken?« Er beugte sich über den Tisch. »Kannst du mir vielleicht mal was für Constanze mitbringen? Die redet schon die ganze Zeit von irgend so 'ner neuen Wundercreme … Wenn sie die vor allen anderen hätte, wäre sie bestimmt mal wieder besonders lieb zu mir.«

Pit grinste. Ich ahnte, dass es nicht einfach werden würde, eine Tube LaSea zu besorgen, aber für Pit musste ich es versuchen, nachdem er mich vor der Obdachlosigkeit bewahrt hatte.

»Ich schau mal, was ich machen kann. Klappt schon«, sagte ich.

»Feiner Zug von dir, danke.« Pit trank einen großen Schluck Bier. »Rennen in deiner Firma denn wenigstens auch die Models aus den Werbespots rum?«

»Klar. Sonst wär das ja überhaupt nicht zu ertragen.«

Er grinste und wir stießen erneut an.

»Apropos ›ertragen‹. Was macht eigentlich Kathrin?«

Ich stellte mein Bier ab und wischte mit der Hand die Flüssigkeit vom Tisch, die über den Rand des Glases geschwappt war. »Urlaub mit ihrem Chef in irgendeinem Wellnesstempel. Aber ich schwör dir, die kann mir gestohlen bleiben!«

»Sehr gut, ich sehe, du machst Fortschritte. Liegt das an deiner WG? Da muss doch auch was gehen, mit drei Frauen … Till im Glück, würde ich sagen.«

»Von wegen! Das ist ein Albtraum mit sechs Brüsten.«

Pit lachte und orderte zwei weitere Biere, obwohl ich mein Glas noch gar nicht ausgetrunken hatte.

»Du Armer! So schlimm wird's schon nicht sein«, er zwinkerte mir zu, »keine dabei, die dich interessiert?«

»Ich weiß nicht. Ich will im Moment eigentlich gar keine Beziehung.«

»Wieso denn gleich eine Beziehung? Denk doch jetzt einfach mal nur an dich … Oder stehst du auf alle drei?«

»Um Gottes willen, nein! Isabel ist schon hot, aber irgendwie auch mit Vorsicht zu genießen. Marion ist die Hölle und Tessa … weiß ich noch nicht.«

»Till, Frauen sind nie leicht zu durchschauen.«

Ich nickte. »Besonders, wenn sie im Rudel auftreten.«

»Du bist ja auch in der Unterzahl. Aber lass dir nicht immer alles gefallen. Du musst zu Guerilla-Strategien greifen und dich wehren! Gegen die Weiber und gegen deinen Chef! Sei mal originell! Höhl das System von innen aus!«

Ich lächelte. Nun kamen die Kampfparolen doch noch. »Ja, vielleicht.« Ich sah nach oben, zwischen den Ästen schwebten grüne und gelbe und orange Punkte. Entschlossen kippte ich den Rest Bier in meinem Glas hinunter.

»Vielleicht ist ja eine für mich dabei«, sagte Pit.

»Du hast doch eine Freundin!«

»Ich bin anscheinend weniger romantisch veranlagt als du.«

»Hm ... vielleicht Marion.« Ich grinste.

»Das ist doch die ...«

»Rothaarige, genau. Ein echtes Vollweib, nicht gerade zimperlich ...«

»Puh.«

»Gefällt dir nicht? Komm, ist mal was anderes. Sei mal originell!«

»Sehr witzig. Vielleicht lieber die Schwarzhaarige. Zur Verbesserung der Männerquote kann ich dich doch nächste Woche mal besuchen kommen.«

Ich sah den breitschultrigen Pit und mich mit den Mädels am WG-Küchentisch sitzen und mochte das Bild nicht besonders.

»Besser nicht. Es gibt da nämlich ein grundsätzliches Problem ...«

»Sind sie lesbisch?«

»Eher nicht. Aber sie denken, ich wäre schwul.«

Sein schiefes Grinsen fiel in sich zusammen, und ich bestellte zwei doppelte Wodka.

SECHS

Schweißgebadet wachte ich mit einem beachtlichen Kater auf. Ich hatte einen schrecklichen Albtraum gehabt. Eine vollbärtige Marion hatte versucht, mich zu küssen, während wir miteinander einen Ringkampf ausfochten. Das Dumme war: Sie war stärker als ich. Kurz bevor mich ihr Bart erstickte, war ich aufgewacht.

Als ich mich im Bett aufsetzte, bemerkte ich ein unangenehmes Kitzeln auf der Zunge. Mit zwei Fingern zog ich mir ein Haar aus dem Mund. War es etwa doch kein Traum gewesen? Ich unterzog das Haar einer genaueren Betrachtung. Wie auch immer es in meinen Mund gekommen war: Es schien mein eigenes zu sein.

Ich wischte mir die Hand am Laken ab und griff nach meinem Handy. Der Bildschirm war schwarz. Ich sprang auf, taumelte zum Fenster und riss den Vorhang zur Seite: Draußen war helllichter Tag!

Als ich ganze zwei Stunden zu spät in der Firma ankam, war irgendetwas anders als sonst. Überall herrschte eine angespannte Stille. Was war los?

Zum Glück war Wichmann nirgends zu sehen. Schnell huschte ich an meinen Tisch und begann mit dem Pipettieren von Kontrastflüssigkeiten. Unter meiner Ganzkörperhülle bekam ich schon bald nur noch schwer Luft, es prickelte mir am ganzen Körper. Der Restalkohol und die Strapazen meines nächtlichen Überlebenskampfes schwächten meine ohnehin im Sinkflug befindliche Arbeitsmoral zusätzlich, sodass ich schließlich Haube und Mundschutz abnahm.

Teilnahmslos beobachtete ich, wie die kleinen Tuben mit LaSea-Proben über das Fließband zu meiner Rechten wackelten und auf die kleine Arbeitsfläche meines Labortisches drängten. Heute hatte ich zum ersten Mal die Wundercreme auf dem Tisch. Kurzerhand griff ich eine Probe, schmierte mir einen Teil der Paste ins Gesicht und den Rest auf einen Glasträger, um das neue Spitzenprodukt genauer zu untersuchen.

Ich war so vertieft in meine Analyse, dass ich Wichmann erst sah, als es fast zu spät war. Er absolvierte seinen Rundgang und war nur noch wenige Tische von meinem entfernt. Ich stülpte mir hektisch Haube und Mundschutz über, deckelte schnell meine Probe und schob sie zusammen mit den anderen zurück auf das Band für die freigegebenen Chargen.

»Ist hier alles in Ordnung?«

Ich sah auf und blickte in das verhärmte Gesicht meines Chefs. »Ja, alles einwandfrei.«

»Das sehe ich nicht so. Sie sind heute über zwei Stunden zu spät gekommen.«

»Ja, was soll ich sagen? Die Hochbahn wird immer unzuverlässiger …«

Wichmanns Gesicht wurde noch strenger und schmaler.

»Keine Sorge, ich schaffe mein Pensum trotzdem«, sagte ich schnell.

Er brummte ungläubig und schnupperte in meine Richtung. »Haben Sie getrunken?«

»Äh nein, das ist … Das ist nur der Methylalkohol, mit dem ich eben die Pipetten desinfiziert habe.« Angestrengt versuchte ich, meinen Atem flach zu halten.

»Und was ist das da auf Ihren Schultern und auf Ihrem Tisch?«

Jetzt erst sah ich die dunklen Haare, die um mich herum lagen.

Er schüttelte den Kopf und führte die Hände auf dem Rücken zusammen. »Sie gehen jetzt sofort nach Hause. Am Montag erwarte ich von Ihnen ein ta-del-lo-ses Erscheinungsbild. Den Tag heute ziehe ich Ihnen natürlich vom Lohn ab. Und bei der allernächsten Kleinigkeit sind Sie draußen!«

Ich starrte ihn an. Am liebsten hätte ich seine Fratze mit der Pipette in meiner Hand bearbeitet. Mühsam beherrschte ich mich, erhob mich und ließ ihn wortlos stehen. Vielleicht sollte ich mich mit Pit doch noch einmal näher über die Guerillakampfstrategien unterdrückter Arbeiter unterhalten.

Ich fühlte fünfzig Augenpaare aus den Schlitzen der Laborburkas in meine Richtung blicken.

»Glotz nicht so blöd«, zischte ich den Laboranten an, der neben dem Ausgang saß, und trat durch die Ausgangstür.

In der Umkleide riss ich mir die Arbeitskleidung vom Leib, die von oben bis unten mit einzelnen Haaren verziert war. Ich fuhr mir mit der Hand über den Kopf und besah das kleine Büschel, das ich nun in den Fingern hielt.

War das eine Nebenwirkung von LaSea? Meine erste Untersuchung hatte ergeben, dass darin weder irgendwelche wertvollen noch ungewöhnlichen Substanzen enthalten waren. Aber wer weiß, vielleicht hatte jemand in der Produktion ebenfalls subversive Energien und unserem Zauberprodukt ein paar Wirkstoffe zugefügt, die bei Körperkontakt jene Reaktionen auslösten, die ich nun an mir beobachten konnte.

Ich lief am Zeiterfassungsgerät vorbei ins Foyer, in dem gerade eine Traube bildhübscher Frauen zum Empfang stolzierte. Jetzt fiel es mir wieder ein: Heute sollte an »authentischen« Locations, sprich den Arbeitsplätzen, der Werbefilm für LaSea gedreht werden. Als ich ihren Weg kreuzte, hauchte ich den Slogan der Kampagne »LaSea macht lasziv …«, schüttelte heftig meinen Kopf und sah zu, wie ein paar dicke Flusen zu Boden schwebten.

Die zarten Schönheiten, glatt und makellos wie die glänzenden Fliesen unter ihren Pfennigabsätzen, starrten mich entgeistert an.

»Viel Spaß beim Shooting!«, rief ich und rauschte mit einem grimmigen Grinsen im Gesicht aus dem Gebäude.

SIEBEN

»Was ist denn mit dir passiert?«, fragte Tessa mit Blick auf meinen Kopf, als ich die Wohnungstür hinter mir schloss. »Hat dich jemand verprügelt?« Sie war verschwitzt und schien gerade vom Joggen gekommen zu sein.

Ich rang mir ein Lächeln ab. »Nicht direkt. Höchstens mit einer Chemiekeule.«

Sie sah mich unschlüssig an. »Bist du deswegen so früh hier?«

»Nein, wir hatten heute in der Firma ein Werbeshooting für die neue Creme, da haben sie einigen Mitarbeitern freigegeben.« Ich winkte ab. »Egal. Was machst du so?«

»Hab auch gekämpft. Gegen meinen inneren Schweinehund.« Tessa zog sich die Turnschuhe aus. »Aber meine Strecke entlang der Elbe ist super.«

Ich nickte. »Schon schick, unsere Adresse.«

»Auf der anderen Straßenseite führt zwischen den Häusern ein kleiner Pfad ans Ufer. Hast du den schon gesehen?«

»Nein, ist mir noch nicht aufgefallen.«

»Er führt direkt zu einem kleinen Kiesstrand, wo ich gerne hingehe. Da kann man auf den Steinen sitzen und den Schiffen zusehen, ohne dass einen jemand stört. Manchmal zeichne ich da auch.«

»Klingt gut«, sagte ich und betrachtete mich nebenbei in dem großen Spiegel neben der Garderobe. Ich sah wirklich schlimm aus. An einigen Stellen schien mittlerweile sogar die Kopfhaut durch.

»Ich fürchte, da hilft nur noch Abrasieren«, sagte Tessa.

Unsere Blicke trafen sich im Spiegel.

»Fürchte ich auch.«

»Wenn du magst, helfe ich dir, ich habe einen Langhaarschneider. Ist eigentlich für meinen Kater.«

»Du hast einen Kater?«

»Hatte. Aber das ist eine andere Geschichte.«

»Aha … Kannst du denn damit umgehen?«

»So kompliziert ist das nicht. Und schlimmer geht's ja eh kaum.«

Ich seufzte und folgte ihr ins Bad.

»Zieh dein Shirt aus«, sagte Tessa und streifte sich ihr Top über den Kopf. Im schwarzen Sport-BH stand sie abwartend vor mir. »Was ist? Sonst hast du überall Haare an den Klamotten.«

Richtig. Das hier passierte nur aufgrund von rationalen Sauberkeitsbedürfnissen.

Und weil ich schwul war.

Ich zerrte mir mein T-Shirt über den Kopf und versuchte gleichzeitig, den Bauch einzuziehen.

Als Tessa mit dem vibrierenden, warmen Scherblatt über meinen Hinterkopf fuhr und mich dabei leicht mit dem Arm berührte, lief mir ein angenehmer Schauer über den Rücken.

»Nicht bewegen«, sagte sie sanft, »sonst mache ich noch mehr Löcher rein.«

Obwohl ich ganz still hielt, nahm ich mit wachsender Sorge wahr, dass Tessa mehrmals die Stufe verstellte.

Als sie fertig war, reichte sie mir einen Spiegel. »Und, wie findest du's?«

Wir waren bei etwa zwei Millimetern angelangt. »Kurz.«

Tessa zuckte mit den Schultern und lächelte. »So fallen die löchrigen Stellen wenigstens nicht mehr ganz so doll auf. Was hast du eigentlich gemacht, dass dir die Haare ausfallen?«

»Ich weiß es nicht. Ich habe bei der Arbeit eine Creme benutzt, aber das kann es eigentlich nicht sein.«

»Hm.«

Sie wischte mir die restlichen Haare aus dem Nacken. Wenigstens das machte sie professionell. Als sie ihre Arme und ihr Dekolleté von meinen Haaren bereinigte, verweilte mein Blick eindeutig zu lang an der Stelle, wo ein schwarzer Schatten zwischen ihrer hellen Haut hing.

Zum Glück schien sie nichts zu merken, sondern drehte sich zum Waschbecken und warf mir mein T-Shirt zu.

Ich brauchte dringend einen starken Kaffee.

Nachdem sie sich geduscht und umgezogen hatte, erklärte mir Tessa den Espressoautomaten. Aus einem Fach unter der Spüle zauberte sie eine Tüte H-Milch hervor und veredelte meinen Kaffee kurz darauf mit einer kleinblasigen, festen Milchschaumhaube. Dankbar nahm ich die Tasse entgegen.

»Du bist also nicht die Milchsüchtige«, sagte ich und schlürfte einen ersten Schluck.

»Nein, bin ich nicht. Und weil alle behaupten, es nicht zu sein, habe ich mir jetzt meinen eigenen Vorrat angelegt.« Sie sah mich mit gespielter Strenge an. »Und ich merke sofort, wenn da was fehlt.«

Ich lächelte. »Schon klar, keine Sorge.«

»Schicke Frisur«, bemerkte Marion grinsend, als wir mit unseren Tassen ins Wohnzimmer kamen und uns zu ihr aufs Sofa setzten. Sie nahm die Schale mit ihrem Nussvorrat auf den Schoß und schien sich sehr zu amüsieren.

»Danke«, sagte ich kurz angebunden. Was für Spielchen spielte sie jetzt schon wieder?

»Schade um dein schönes Haar, schwarz wie Ebenholz …« Sie funkelte mich an.

»Es musste leider sein«, sagte Tessa, »er hatte einen unglaublichen Mäusefraß, da half nur noch der Rasierer.«

»So was aber auch … Er sollte vielleicht besser aufpassen, was er sich so in die Haare schmiert, wenn er so empfindlich ist.«

Ich starrte sie an. »Was soll das heißen?«

»Ach nichts, nur so als Tipp.«

Meine Tasse schepperte, als ich sie auf den Couchtisch stellte. »Was war in der roten Shampooflasche, die du mir so überaus großzügig überlassen hast?«

Marions Augen verengten sich zu Schlitzen. »Nichts Besonderes. Nur ein ›tierisches‹ Produkt. Aber da stehst du doch drauf, oder?«

Tessa sprang auf, lief ins Bad und kam mit der roten Flasche zurück. »Da ist doch das Shampoo von Mikesch drin!«, sagte sie laut und roch an der geöffneten Flasche. »Hast du das etwa hier rein …?«

Tessa sah mich an, und mir wurde plötzlich ganz kalt am Kopf. Schuld an meiner Misere war nicht LaSea, sondern einzig und allein Marion!

Diese zuckte gleichgültig mit den Schultern und verschränkte die Arme vor der Brust. »Was kann ich denn dafür, wenn er so blöd ist und das Zeug tatsächlich nimmt? Wie das schon riecht! Das benutzt doch kein normaler Mensch.«

Nur mit Mühe gelang es mir, Marion nicht anzuschreien. »Das war das einzige Shampoo, das da war. Ich hatte meinen ersten Arbeitstag und war in Eile. Natürlich habe ich mir nichts dabei gedacht und das Zeug benutzt.«

»Aber nur von einem Mal fallen einem bestimmt nicht gleich die Haare aus!«

Ich kaute an der Innenseite meiner Wange und verfluchte neben Marion auch mich selbst. Ich hatte das Shampoo weiterbenutzt, weil ich zu faul gewesen war, mir mein eigenes Waschzeug zu kaufen.

»Wie kannst du nur, Marion! Das Zeug ist doch viel zu aggressiv!«, stieß Tessa hervor und drehte sich zu mir. »Das ist ein Zecken- und Flohshampoo-Konzentrat für Katzen, für Menschen ausdrücklich nicht zugelassen!«

Ich hatte genug. »Jetzt sind wir mehr als quitt«, zischte ich Marion zu und stand auf.

»Abwarten«, sagte sie kühl und schnipste mir eine Nussschale ins Gesicht.

ACHT

Endlich hatte ich mal ausschlafen können. Ich war im Tiefschlaf durch die Nacht gesegelt, narkotisiert vom Frust und der Anstrengung der vergangenen Tage.

Um meine neue, überraschend gute innere Verfassung auf meine Umgebung zu übertragen, fing ich nach dem Aufstehen an, die Unordnung in meinem Zimmer zu beseitigen. Noch in T-Shirt und Boxershorts sammelte ich Klamotten ein, leerte den Mülleimer und brachte meine Platten in alphabetische Reihenfolge. Ich überwand mich, Staub zu wischen und zu saugen, putzte den Spiegel und hätte sogar meinen Glasaschenbecher poliert, wenn ich ihn gefunden hätte. Aber Rom wurde auch nicht an einem Tag erbaut, und als die Mittagssonne jedes verbliebene Staubkorn ungnädig ins Licht rückte, ließ mein Tatendrang nach. Lustlos schupste ich den Staubsauger unters Bett.

In der Küche machte ich mir einen Kaffee. Ich ahnte, dass ein Wunder geschehen sein musste, wenn ich im Kühlschrank Milch vorfinden würde, sah aber trotzdem nach. Natürlich war keine da. Ich genehmigte mir einen Schluck aus der Tüte in Tessas Versteck und verbuchte dieses Vergehen mit dem Rest meines Mitleidsbonus.

Meine Mitbewohnerinnen saßen im Wohnzimmer. Ich setzte mich neben Isabel, die in einem Frauenmagazin blätterte, auf die Couch. Marion hockte in einem Sessel; ich würdigte sie keines Blickes. »Habt ihr eigentlich mal über eine Putzfrau nachgedacht?«

»Ach, ist der Herr sich zu fein, selber zu wischen?« Marion, natürlich.

»Wenn, dann einen Putz-*Mann*«, sagte Isabel und sah von ihren Schmink- und Frisiertipps auf. »Das sollte doch in deinem Interesse sein, oder etwa nicht?«

Ich sah zu Tessa, die etwas skeptisch aussah, und dachte kurz an die Gewebestruktur ihres Sport-BHs. »Äh, ja, klar.«

In diesem Moment klingelte mein Handy. Es war Pit, der mich zum Fußball schauen einlud. Dankbar sagte ich zu.

Bevor die Frauen noch etwas sagen konnten, sprang ich auf. »Sorry, ich muss los, bin verabredet.«

Kaum saßen wir in der abgedunkelten Sportsbar vor dem Fernseher, um St. Pauli bei einer weiteren Zitterpartie beizustehen, bereute ich meine vorschnelle Zusage. Ich war kein großer Fußballfan und eigentlich nur froh gewesen, meiner WG zu entkommen.

Pit bestellte ein Bier und machte eine abschätzige Miene, als ich Rhabarberschorle orderte.

»Was ist das denn für eine Frisur? Du siehst aus wie Pliquett.«

Ich kniff die Augen zusammen. Vermutlich ein Fußballspieler oder Segler. »Man muss sich eben auch mal was trauen«, sagte ich.

Pit setzte ein spöttisches Grinsen auf und wollte gerade etwas erwidern, als St. Pauli den Ball eroberte und auf das gegnerische Tor zustürmte.

»Jetzt sind sie mal gut drauf!«, sagte Pit euphorisch. »In letzter Zeit waren die ganz schön abgesackt.«

Desinteressiert starrte ich auf die Mattscheibe, auf der ein Stürmer gerade in bester Schussposition den Ball verstolperte.

Während Pit lauthals fluchte, erschien mir das Geschehen auf dem Bildschirm zunehmend abstrakt. Was sich vor mir abspielte, war ein Ameisenkrieg, der hektisch von links nach rechts und wieder zurück wogte. Zwei Parteien mit diametral entgegengesetzten Zielen versuchten, sich gegenseitig zu überrennen. Die Situation kam mir irgendwie bekannt vor. Links das Frauentor, rechts das Männertor. Und ich stand ratlos dazwischen.

Ich sah zu Pit. »Kann ich dich mal was fragen? Weißt du, wegen meiner WG …«

Pit starrte unverwandt auf den Fernseher.

»Hau ihn weg!« Er sah kurz in meine Richtung. »Gleich, Till!« Und wieder zum Fernseher. »Der war doch im Abseits! *Hallo?* Schiri?!«

Ich stützte meinen Kopf in die Hände und blickte ins Leere. Unser Schiedsrichter würde wohl Tessa sein.

»Das war doch Absicht! Klares Foul. Rote Karte!«

Die hätte Kathrin verdient. Aber Gerechtigkeit gab es im wahren Leben nicht.

»Mann, die foulen sich ja was zusammen!«

Marion.

»Komm, lauf, lauf – jetzt lauf doch endlich mal!«

Auch ich fühlte mich wie in einem Hamsterrad, das mich kein Ziel erreichen ließ. Aber was war eigentlich mein Ziel?

»Komm, zieh an allen vorbei … ja, schön so, weiter, sieht gut aus! Du verwandelst das!«

War es Isabel, die sich leicht bekleidet im Gras räkelte und mir schmutzige Dinge ins Ohr flüsterte?

»Schön! Schöner Doppelpass. Geht doch!«

… und dann lag da auch Tessa. Sie machte Gymnastikübungen mit einem zwischen ihre Fußknöchel geklemmten

Ball. Ihre nackten Beine hoben und senkten sich, bevor sie den Ball an Isabel übergab.

»Mach das Ding rein, Mann!«

»Also bitte!«, entfuhr es mir.

Kurz darauf schoss Pauli ein Tor, und Pit riss jubelnd die Arme in die Höhe, während ich halbherzig mein Saftglas hob.

»Alter, was ist denn los mit dir?! Jetzt trink endlich mal ein Bier. Nicht dass diese Weiber dich langsam weichspülen …«

»Keine Sorge«, sagte ich und leerte mein Glas Rhabarberschorle. Mir war gerade einfach nicht nach Bier, aber das konnte ich Pit nicht begreiflich machen.

»Ich muss los, hab noch was zu erledigen«, log ich, rutschte vom Barhocker und verabschiedete mich von meinem kopfschüttelnden Freund mit unserem ritualisierten Handschlag.

Zurück im Freien spürte ich die Sonne auf meiner Kopfhaut. Zeit für einen kleinen Alster-Spaziergang.

Ich beendete meinen Spaziergang nach einer halben Runde und fuhr mit dem Bus nach Hause. Für den Abend hatte ich eine kleine Überraschung geplant. Als ich in der Elbchaussee ankam, huschte ich in die Küche und stellte von innen einen Stuhl unter die Klinke.

Anderthalb Stunden später waren meine Vorbereitungen abgeschlossen. Ebenso zufrieden wie erwartungsvoll trat ich in den Flur. In der Tür zum Wohnzimmer blieb ich stehen. Die Mädels hockten auf der Couch, auf dem Tisch stand eine leer gegessene Eispackung. Sie starrten ebenso gebannt auf den Fernseher wie Pit heute Mittag. Das Programm war allerdings ein etwas anderes.

»Hi«, sagte ich leise.

Niemand beachtete mich. Stattdessen gab es kurzes Gekicher, als sich auf dem Bildschirm ein Mann entkleidete, den die Erzählerin aus dem Off als »Mister Big« vorstellte. Was war das denn für ein Name? Das war ja direkt männerfeindlich!

Meine glucksenden Mitbewohnerinnen schienen sich allerdings blendend zu amüsieren. Sogar Marion lächelte breit beim Anblick eines zugegebenermaßen beachtlichen Bizepses und ließ eine Nuss in die Sofaritze fallen.

Ich räusperte mich. »Hallo zusammen«, sagte ich laut und machte einen Ausfallschritt ins Blickfeld der Frauen hinein.

»Ich wollte euch in die Küche bitten, ich …«

»Psst! Hau ab!« Marion machte eine hastige Bewegung und verrenkte den Kopf. Die anderen reagierten nicht.

Ich trat ein Stück zur Seite. »Okay, nur ganz kurz: Ich hab da was für euch vorbereitet, also, nicht Großes …«

»Du, heute nicht, okay?«, sagte Tessa, ohne mich anzusehen.

Kurz bevor ich das Zimmer verließ, hörte ich sie doch noch ein paar Worte in meine Richtung sagen.

»Sorry, Till, versteh das nicht falsch, aber heute ist Mädelsabend!«

In der Küche stellte ich den Herd aus und kippte reihum die bereits gefüllten Weingläser hinunter. Ziemlich beschwipst räumte ich die Gedecke ab. Fehlte nur noch ein Tigerkopf auf meinem schlingernden Weg zwischen Tisch und Schrank.

Die Annahme, dass Frauen sich gern zusammen mit schwulen Freunden Liebesfilme ansahen und sich dabei gegenseitig massierten oder mit Eiscreme fütterten, war also ein Irrglaube. Und dass ich Marion durch eine aufwendige vegetarische Leibspeisung endgültig besänftigen konnte, wohl auch.

Ich deckte den Rucolasalat ab, drückte dabei die gerösteten Pinienkerne, Ricottaflocken und Feigenspalten darauf platt und stellte ihn zusammen mit dem Rote-Bete-Carpaccio an Orangensoße und dem Crêpeteig in den Kühlschrank.

Keine Frage, meine Speisen konnten mit Dosennüssen und einer Familienpackung Fürst-Pückler-Eis *natürlich* nicht mithalten.

NEUN

Obwohl der Sonntag seinem Namen alle Ehre machte, hatte ich keine rechte Lust, aufzustehen. Weder wollte ich jemanden im Bad überraschen oder im Kühlschrank keine Milch finden noch von Marion einen blöden Kommentar zu irgendwas hören. Wenn die Frauen darauf Wert legten, dass ich an ihrem Frühstück teilnahm, würden sie bei mir anklopfen müssen.

Ich wartete.

Nichts geschah.

Schließlich holte ich meinen Laptop ins Bett und setzte das System neu auf. Ich vertrieb mir eine geschlagene Stunde damit, zu warten und von Zeit zu Zeit zwischen »Standard« und »Erweitert« zu wählen. Die Festplatte kratzte munter vor sich hin. Irgendwann erklang die Windows-Fanfare, und ich war fertig. Ich fuhr den Laptop runter, legte ihn auf den Boden und steckte meine kalten Hände unter die Bettdecke. Plötzlich hatte ich das Gefühl, mich wund zu liegen. Ich stand auf und ging zum Kleiderschrank, um ein frisches T-Shirt herauszunehmen. Zur Auswahl standen mein altes Handball-Trikot und ein Werbe-T-Shirt von LaRouge.

Ich entschied mich für das weiße T-Shirt, das ich gestern schon angehabt hatte. Anschließend stopfte ich mir die dank Kathrin überschaubare Klamottenmenge unter den Arm und öffnete die Zimmertür.

Als ich die Küche betrat, hatten Tessa und Isabel gerade ihr Frühstück beendet. Der Blick der telefonierenden Isabel blieb kurz an den Knöpfen meiner Boxershorts hängen. Ich verlagerte das Wäschebündel und hielt es mit beiden Händen vor mich. »Kann ich die Waschmaschine benutzen?«

»Ja, mach ruhig. Unser ›Gespräch‹ ist sowieso beendet«, sagte Tessa und sah vorwurfsvoll in Isabels Richtung.

Isabel klemmte sich das Handy zwischen Schulter und Ohr und räumte ihre Müslischüssel in die Spüle. »Ich hab's dir doch schon erklärt, ich bin einfach nicht bereit für so was …« Sie verließ das Zimmer und schwenkte dabei leicht ihren Hintern, dessen Konturen sich in ihrer schwarzen Leggings deutlich abzeichneten.

»Schon wieder der Typ? Der trauert ihr wohl noch nach, hm?«, sagte ich zu Tessa und lud meine Klamotten in die Waschmaschine. Augenblicklich hatte ich Mitleid mit ihm.

»Soweit ich weiß, ist es ein anderer.« Tessa griff nach der Schüssel im Spülbecken.

»Aha. Isabel scheint ja … sehr beliebt zu sein.«

Krachend drängte Tessa die Schüssel zwischen das andere Geschirr in der Spülmaschine. »Ihr Männer seid doch alle gleich, ob schwul oder nicht! Du hast ihr doch eben auch auf den Arsch gestarrt! Was findet ihr nur alle an ihr?« Sie knallte die Spülmaschine zu und wischte, ohne mich anzusehen, an mir vorbei.

Ich sah ihr irritiert nach. Diese WG eignete sich wirklich für eine Neuverfilmung von *La Cage aux Folles*.

Von Weitem drang das Geläut von Kirchenglocken an mein Ohr. Was Gott sich wohl gedacht hatte, als er am siebten Tage ruhte und sich sein Werk besah? Ein seltsames Wesen hatte er da erschaffen, nachdem ihm Adam doch ganz gut geglückt war. Wahrscheinlich lag er gerade auf einer Wolke, aß einen Apfel und lachte sich kaputt.

Vielleicht sollte ich in Zukunft einfach jeder Konfrontation aus dem Weg gehen. Wenn ich nur lächelte und einfach gar nichts mehr sagte, musste es selbst Marion irgendwann zu blöd werden, immer die Meckerliese zu spielen.

Plötzlich mischten sich Rufe unter das Glockengeläute.

»Iiih! Hilfe!«

Tessa.

Ich ignorierte den Impuls, augenblicklich in ihr Zimmer zu stürzen, um sie aus welcher Not auch immer zu befreien. Stattdessen zwang ich mich, langsam bis zehn zu zählen. Dann erst eilte ich aus der Küche in den Flur.

Wahrscheinlich hatte sie sich ohnehin nur einen Nagel abgebrochen.

Ich klopfte kurz, wartete keine Antwort ab und öffnete mit einem ironischen Lächeln die Tür zu ihrem Zimmer. »Was ist denn passiert? Vergessen, eure Serie aufzuzeichnen?«

Tessa kniete auf ihrem Bett und sah mich böse an. Ich wich ihrem Blick aus und bemerkte, wie geschmackvoll ihr Zimmer eingerichtet war. Moderne Kunstdrucke bedeckten die Wände und die bodentiefen Fenster wurden von zartgelben Schalgardinen eingerahmt. Eine stattliche Anzahl Topfpflanzen verlieh dem Raum das Flair eines Wintergartens. Auf dem großen Eichenholztisch stand ein beachtlicher Blumenstrauß.

»Was willst du?«

Ich trat ein. »Wenn man um Hilfe ruft, muss man damit rechnen, dass auch welche kommt. Ich kann aber auch wieder gehen.«

»Nein! Da hinten …« Sie deutete mit ausgestrecktem Arm auf die Wand neben der Tür.

Ich sah zur Seite und wich einen Schritt zurück. An der Tapete hing ein riesiger dunkler Wurm mit Fühlern und langen Beinen. Ich erschauderte. An Wanzen und alles, was krabbelte, hatte ich seit einem Rucksackurlaub in Brasilien keine guten Erinnerungen.

»Kannst du das wegmachen?«, fragte Tessa mit einem leichten Flehen in der Stimme.

Ich wich einen Schritt zurück und ließ das etwa zehn Zentimeter lange Tier nicht aus den Augen. »Ich glaube, das ist ein Hundertfüßer …«

»Mach das weg!«

Ich rührte mich nicht.

Tessas Stimme wurde schrill. »Bist du ein Kerl, oder was? Jetzt mach endlich!«

Ich registrierte, dass sie offenbar vergessen hatte, dass ich schwul war. Im Grunde erfreulich, nur das Timing war leider nicht optimal.

Okay. Ich riss mich zusammen und überlegte, wie ich dem Viech beikommen konnte, ohne es berühren zu müssen. »Hast du mal einen Hausschuh oder so was?«

»Mach mir keine Flecken an die Wand!«

»Gut, dann hole ich jetzt den Staubsauger«, beschloss ich.

»Nein, du sollst es überhaupt nicht töten!«

»Sondern? An die Leine legen und zum Tierpark bringen?«

Sie verzog den Mund. »Mann, bist du feige! Jetzt unternimm endlich was!«

In diesem Moment setzte sich der Hundertfüßer in Bewegung. Für seine Größe war er erstaunlich schnell. In Sekunden hatte er sich nach unten zur Fußleiste geschlängelt. Tessa stieß erneut einen Schrei aus. Wenn jetzt die Fensterscheiben sprangen, konnte ich das Tier wenigstens nach draußen scheuchen.

Wenige Zentimeter über dem Boden hielt der Hundertfüßer inne. Meine Gedanken rasten. Für ein normales Trinkglas war er zu groß. Hektisch sah ich mich um und entdeckte eine große Glasvase auf einem Regal. Ich griff danach und spürte dabei Tessas Blick im Rücken. Vorsichtig näherte ich mich meinem Widersacher, drehte die Vase um und stülpte sie über ihn. Der Hundertfüßer schlängelte sich am Glasrand entlang. Ich konzentrierte mich darauf, den Rand der Vase gleichmäßig gegen die Wand zu pressen.

Tessa atmete erleichtert aus. »Gott sei Dank!«

»Hast du mal ein Stück Pappe?«

Tessa stand auf und ließ die Vase nicht aus den Augen. Sie ging zu ihrem Schreibtisch und öffnete eine Schublade.

Der Hundertfüßer schlängelte sich wild auf seinem kleinen, vom Vasenrand begrenzten Tapetenstück. »Beeilung bitte!«

Tessa drehte den Zeichenblock um, riss den Papprücken ab und reichte ihn mir mit ausgestrecktem Arm.

Vorsichtig löste ich eine Hand von der Vase und schob die Pappe unter den Rand, kippte den Behälter und legte schnell meine flache Hand auf den provisorischen Verschluss.

Erleichtert sah ich Tessa an. »Willst du auch mal?«

»Äh, nein, du machst das gut.« Sie lächelte verkrampft und sah in die Vase. »Dass es so was in Deutschland gibt.«

»Vielleicht kommt der aus einer deiner Palmen.«

»Was? Quatsch! Aber vielleicht ist er aus irgendeinem Terrarium entwischt.«

Ich zuckte die Schultern. »Und was machen wir jetzt mit ihm? Marion schenken? Vielleicht ist er ja giftig … das passt doch zu ihr …«

Wir mussten beide lachen. »Eine haarige Spinne würde

aber noch besser passen«, gluckste Tessa, und um ein Haar wäre die Pappe auf der Vase verrutscht.

Tessa strich sich eine Haarsträhne aus dem Gesicht. »Nein, das können wir nicht machen. Vielleicht lassen wir ihn erst mal in der Vase und stellen ihn auf die Terrasse, bis uns was einfällt.«

Ich folgte ihr auf den Flur, wo wir Marion begegneten. Tessa und ich grinsten uns an und gingen schnell weiter.

Mit dem gefangenen Hundertfüßer im Arm betrat ich kurz darauf das erste Mal die Dachterrasse, die groß und trotzdem sehr gemütlich war. Dunkles Holz bedeckte den Boden, und unter einem großen Stoffschirm standen zwei Liegestühle mit Polsterauflagen in Retro-Optik. An der Hauswand befand sich eine kleine blaue Holzbank, und in einem von Steinen umrandeten Beet wuchsen Gräser und Kräuter. Es roch nach Sommer.

»Stell ihn doch einfach an die Wand«, sagte Tessa und nahm einen flachen Stein vom Rand des Beetes. Ich stellte die Vase ab und Tessa legte den Stein leicht versetzt auf ihre Öffnung. »So bekommt er etwas Luft.«

Wir setzten uns auf die blaue Bank und beobachteten die Zappelbewegungen des Hundertfüßers.

Tessa sah mich an. »Danke. Und sorry, dass ich dich vorhin so angefahren habe.«

»Ist okay«, sagte ich, »aber ich steh echt nicht auf Isabel.«

»Weiß ich ja eigentlich auch.« Sie zog ihre Beine hoch, winkelte sie an und umfing sie mit den Armen. Ihr blonder Zopf wellte sich in ihrem Nacken, auf der Schulter hatte der leicht verrutschte BH-Träger einen Abdruck auf ihrer Haut hinterlassen. »Hey, wie war eigentlich deine erste Woche im neuen Job?«

Ich atmete ein und machte den Rücken gerade. Mit

abgehackten Bewegungen imitierte ich eine Maschine, die Gegenstände von links nach rechts beförderte. »C-3PO – stets – zu – Ihren – Diensten, Master Wichmann. Ich – liebe – es – immer – das – Gleiche – zu – machen.«

Tessa lächelte. »Verstehe.«

Ich entspannte meine Arme. »Alles halb so schlimm, wenn man so wohnt. Kann man hier oben eigentlich grillen? Das könnten wir doch nächstes Wochenende mal machen!«

»Von mir aus gern! Wir können auch ein paar Leute einladen und mal wieder eine Grillparty machen!« Tessa kaute gedankenversunken auf ihren Fingernägeln. »Und wenn du dich ums Essen kümmerst, kann eigentlich nichts schiefgehen.« Sie sah auf und strahlte mich an.

»Sehr gern. Schön, dass es wenigstens dir schmeckt.«

»Dein Essen schmeckt uns allen, auch Marion. Es ist nur manchmal nicht ganz einfach mit ihr.« Tessa zog leicht ihre Unterlippe zwischen die Zähne und ließ sie wieder los. »Marion ist momentan ziemlich unzufrieden mit sich und der Welt.«

»Was macht sie denn eigentlich genau?«

»Sie ist Floristin. Hast du den Strauß auf meinem Tisch gesehen? Der ist von ihr. Für einen Patzer, den sie sich neulich geleistet hat.«

»Floristin? Ich hatte immer gedacht, das wäre ein stiller Beruf, der Feingefühl und Freude am Schönen voraussetzt.«

Tessa rollte mit den Augen. »Sie arbeitet in einem Laden am Ohlsdorfer Friedhof. Sie macht den ganzen Tag Grabgestecke.«

»Verstehe.«

»Ja. Aber irgendwie muss auch noch etwas anderes dahinterstecken. Na, egal.«

Wir schwiegen und sahen über die Elbe zu den Hafenkränen. Tessas Beine glitten auf den Boden zurück, vorsichtig lehnte sie ihren Kopf an meine Schulter. Für einen Moment saß ich ganz still, dann legte ich ihr meinen Arm um die Schulter und überlegte, was das hier gerade für eine Situation war. Sie fühlte sich auf jeden Fall sehr, sehr schön an.

Ich spürte Tessas warmen Atem. »Schade eigentlich«, sagte sie.

»Was denn?«

Sie lächelte mich nachdenklich an und sah dann nach dem Hundertfüßer in der Vase neben uns.

ZEHN

Montagmorgens ist die Abneigung gegen die Zwänge des Erwerbslebens besonders groß. Man kann sich nur mit größter Disziplin den Kräften entreißen, die einen ins warme Bett zurückziehen, und hat man dann auch noch Schwierigkeiten, seinen Arbeitsplatz überhaupt zu erreichen, ist der Tag eigentlich schon gelaufen.

Als ich bei LaRouge ankam und beim Passieren des Eingangs meine Keycard hochhielt, stellte sich mir ein uniformierter Security-Mensch in den Weg. Ob er den Ausweis noch einmal sehen könne. Skeptisch beäugte er die Plastikkarte und rief dann empört: »Das sind doch nicht Sie!«

Erst als ich meinen Perso herauskramte und etwas von einer neuen Frisur gemurmelt hatte, trat er zögerlich zur Seite.

Was bildeten sich diese Creme-Panscher eigentlich ein? Verriegelten die Firma wie einen Hochsicherheitstrakt vor ihren eigenen Mitarbeitern!

Wichmann hingegen kommentierte meinen neuen Kurzhaarschnitt anerkennend, lobte mein »vorbildliches Hygienebewusstsein« und sah versöhnlich über meine kleine Verspätung hinweg.

In der Mittagspause erreichten mich dann die Neuigkeiten des Tages. Eine Gruppe Kollegen erzählte sich im Pausenraum, die Models hätten am Freitag jegliche Anwendung von LaRouge-Produkten verweigert, obwohl sie für diese ja mit ihren Gesichtern warben. Vor allem LaSea hätten sie abgelehnt und stattdessen schlichte Nivea-Creme verlangt. Ich musste ein Lachen unterdrücken. Warum hatten die Damen die Creme nur nicht benutzen wollen? Die Fotos für die Kampagne seien natürlich trotzdem geschossen worden.

Obwohl ich wusste, wie die Kosmetikindustrie arbeitete, war ich bei LaRouge immer wieder überrascht, mit welchen perfiden Strategien hier Luftschlösser gebaut wurden. Es gefiel mir immer weniger, Teil dieses Blendwerks zu sein.

Als ich das LaRouge-Gebäude am Abend verließ, stand eine schwarze Stretchlimousine am Straßenrand. Wahrscheinlich wieder irgendein Marketing-Gag.

In dem Moment stieg der Chauffeur aus dem Wagen und kam breit lächelnd auf mich zu. »Till Gericke?«

Verdutzt nickte ich und blieb stehen. Ich hatte den Mann mit der engen, schwarzen Uniform, den Lederhandschuhen und der glänzenden Schirmmütze noch nie gesehen.

»Ich habe eine Überraschung für Sie, darf ich Sie nach Hause fahren?«

Er machte eine einladende Geste, die ich etwas theatralisch fand, trat einen Schritt zur Seite und deutete auf die geöffnete Tür am Ende der Limousine.

Ich zögerte.

»Widerstand ist zwecklos«, flüsterte er und hob belustigt eine Augenbraue.

»Na schön.« Ich stieg ein.

Ohne mich nach meiner Adresse zu fragen, ließ mein Chauffeur geräuschlos eine schwarze Trennscheibe nach oben fahren, startete den Motor und fuhr los. Meine Blicke schwirrten durch den fahrenden Flur, in dem ich saß. An den gegenüberliegenden Enden befand sich jeweils eine gut gepolsterte Sitzbank aus weichem weißen Kunstleder.

Gurte gab es nicht, dafür einen kleinen Fernseher und wackelnde Gardinen vor dunkel getönten Scheiben. Ein heller Flausch-Teppich bedeckte den Boden. In der Mitte der Limousine war eine kirschholzfarbene Kiste befestigt, aus der Flaschenhälse ragten.

Gegen ein kühles Pils hatte ich nichts einzuwenden und zog die einzelnen Flaschen aus der Box. Champagner, Bacardi Cola, Alcopops mit leuchtenden Etiketten … Hatten die kein normales Bier? Ein Weizen-Saft-Gemisch kam der Sache noch am nächsten. Ich entfernte den Deckel mit dem an der Kiste befestigten Öffner und lehnte mich zurück. Die Schatten von roten Klinkerbauten zogen an mir vorbei, während ich an meinem süßlichen Getränk nippte und überlegte, wem ich dieses Erlebnis zu verdanken hatte. Ob Kathrin es sich anders überlegt hatte und nun versuchte, mich mit einer ganz besonderen Aktion zurückzugewinnen? Oder steckte Pit dahinter? Aber warum sollte er? Vielleicht war es einer seiner Versuche, einen »echten Kerl« aus mir zu machen. Bisher hatte ich seine Einladungen in die entsprechenden Etablissements auf der Reeperbahn stets ausgeschlagen, egal, wie betrunken ich gewesen war. Vielleicht hatte ihn meine geistige Abwesenheit beim letzten Pauli-Spiel derart irritiert, dass er es nun mit anderen Methoden versuchte.

Der Wagen wurde langsamer, und ich erkannte die Villen der Elbchaussee. Steckten am Ende meine Mitbewohnerinnen dahinter?

Als wir vor unserem Haus anhielten, zog ich am Türgriff. Verriegelt. Ich hörte, wie mein Chauffeur ausstieg und um das Gefährt herumlief, was eine Weile dauerte. Schwungvoll öffnete er mir, grinste mich über die Tür hinweg an und zog seine Lederhandschuhe aus. Der Typ wurde mir zunehmend unangenehmer.

»Vielen Dank«, sagte ich knapp und wandte mich zum Gehen.

»Moment«, sagte der Schirmmützenmann. Wenn er mir jetzt die Rechnung überreichte, konnte Pit was erleben. Oder wer auch immer.

Der Schirmmützenmann schlug die Wagentür zu und legte die Hand auf den Stoffträger über meiner Schulter. »Das trage ich dir hoch, ich bestehe darauf!«

Missmutig registrierte ich, dass wir offenbar inzwischen per Du waren.

Mit forschem Griff und einem Lachen, das eine strahlend weiße Oberleiste unverschämt ebenmäßiger weißer Zähne entblößte, nahm er meinen Jutebeutel, in dem sich nur mein Portemonnaie, Schlüssel und einige alte Zettel und Kassenbons befanden, und ging voraus. Die Tasche schwang neben seinem Schritt, das ausgeblichene, fleckige Grün des Stoffbeutels neben seinen glänzenden Lackschuhen und der Bügelfalte seiner Hose.

Mein Sherpa federte vor mir die Stufen empor, während ich mühsam versuchte, mit ihm Schritt zu halten.

»Ich bring dich ganz schön außer Puste, was?«

Was wurde hier gespielt? Auf einmal fand ich den Typen nicht nur suspekt, sondern auch eklig.

Ich sagte nichts.

Oben angekommen, schloss ich die Wohnungstür auf und stellte mich schnell mit dem Rücken zur Wohnung in den Türrahmen. »So, ab hier schaff ich's allein, danke!«

Der Typ streckte sich und versuchte, in die Wohnung zu sehen. »Ganz schön schmutzig bei dir!«

Es war nicht zu fassen! »Ich glaube, das ist wirklich nicht

dein Problem«, sagte ich scharf und wollte nach meinem Beutel greifen.

Er trat dicht an mich heran. »Na ja, weißt du … irgendwie schon. Ich bin nämlich dein Putzmann!«

»Mein Putzmann?« Langsam dämmerte mir, wer hinter dem Ganzen steckte. Aber vielleicht konnte ich ihn noch abschütteln. »In diesen feinen Klamotten kannst du doch nicht …«, noch bevor ich den Satz beendet hatte, wusste ich, dass das ein ganz schlechter Einwand gewesen war, »… putzen.«

Als hinter mir Gekicher ertönte, zwinkerte er mir zu. Notgedrungen trat ich zur Seite und ließ ihn rein. Da musste ich jetzt wohl durch.

In meinem Zimmer legte er den Beutel auf den Schreibtisch und strahlte mich an. »Willst du's dir nicht gemütlich machen? Und wie wär's mit ein bisschen Musik?«

Hinter der Tür flüsterten die Mädels. Ich rang mir ein Lächeln ab, setzte mich in den Ledersessel und klappte meinen Laptop auf. Eine kleine Ewigkeit später war das System hochgefahren und die Windowsfanfare ertönte. Insgeheim hoffte ich, es würde ihm zu lange dauern. Doch mein Putzmann wartete geduldig.

Schließlich schaltete ich den Live-Stream des erstbesten Radiosenders ein, den ich bei iTunes fand. Gangster-Rap mit einem gestöhnten Frauenrefrain.

»Geiler Song«, sagte der Putzmann und fing an, mit den Schultern zu rollen. Mit einem Ruck riss er sich sein Jackett vom Leib und strich damit kurz über die Holzleiste an meinem Bettende, bevor er es gegen die Wand schleuderte. Mir schwante, dass der Wisch über die Bettleiste alles war, was ich an echter Putzleistung erwarten durfte. Nun begann er mit der Hüfte zu kreisen, drehte sich um und knöpfte sein Hemd auf. Mit entblößter Brust hampelte er im Halbkreis herum, fuhr sich mit den Händen über seinen Waschbrettbauch und tiefer. Schnell sah ich hoch. Weiße, blitzende Zähne. Er tänzelte zu mir herüber, wackelte mit seinem Gesäß vor meinem Gesicht und forderte mich auf, seinen Gürtel zu entfernen. Da ich davon ausgehen musste, dass meine Gönnerinnen draußen auf dem Flur die Ohren an die Tür pressten, blieb mir nichts anderes übrig, als mitzuspielen. Ich kämpfte eine Panikattacke nieder, zog dem Kerl schnell den Gürtel aus den Laschen und versuchte, an etwas anderes zu denken – ohne Erfolg. In rhythmischen Intervallen zog er seine Hose aus. Ich zwang mich, die blitzende Zahnreihe zu fixieren, was mich nicht davor bewahrte, seinen schwarzen Lacktanga zu bemerken, der nun zum Vorschein kam. Ich betete, dass ich ihm diesen nicht auch noch von der Hüfte beißen musste. Während der Song im Hintergrund mit einigen langen Stöhnern zum Ende kam, drehte mir mein Putzmann den Rücken zu und bot mir in kreisenden Bewegungen das dar, was ein schmaler Lackstreifen in zwei zuckende Wölbungen teilte. Mit weit aufgerissenen Augen sah er mich über die Schulter hinweg an und verharrte breit grinsend in dieser Pose.

Als vor meiner Zimmertür Gelächter anschwoll, erwachte ich aus meiner Starre und begann, wie in Trance zu klatschen.

»Wahnsinn! Total irre! Du bist super!«, faselte ich, fischte hektisch nach der Hose des Typen, die neben mir auf der Sessellehne lag, und hielt sie ihm hin.

Tessa und Isabel kamen ebenfalls applaudierend herein und sahen mich erwartungsvoll an.

»Na, hat's dir gefallen?« Isabel grinste.

»Ihr beiden steckt also dahinter.«

»Unser Einzugsgeschenk«, sagte Tessa und musterte etwas zu lange den durchtrainierten Körper des immer noch halb nackten Putzmanns. »Hast du dir doch gewünscht.«

»Was? Eigentlich wollte ich nur jemanden, der sauber macht.«

Der Strahlemann neigte leicht den Kopf und musterte mich. »Mädels, ich lege meinen Tanga dafür ins Feuer, dass der Typ hier nicht auf Männer steht.«

Diese Expertenmeinung hatte mir gerade noch gefehlt. »Was? Natürlich! Ich war nur völlig überrumpelt …«, stieß ich halbwegs empört hervor.

Ich bemerkte, dass Isabel die Stirn runzelte und wusste, dass ich schleunigst etwas unternehmen musste. Ich fasste mir ein Herz, ging auf den Typen zu und gab ihm einen Kuss auf die Wange. »Du bist toll«, rang ich mir ab, »aber ich gehe nur bei blonden Typen richtig ab.«

Amüsiert ließ der Putzmann seine Zahnleiste funkeln. »Na dann …«

Damit zog er sich endlich an, nahm seine Schirmmütze und zwei Scheine, die ihm Isabel zusteckte, und verschwand.

Die Mädels sahen mich skeptisch an.

Ich hob die Schultern. »Was? War trotzdem 'ne tolle Nummer. Wirklich!«

Tessa schob ihre Unterlippe vor. »Wir dachten, das wäre mal eine Abwechslung. Du arbeitest immer so viel und bist hier immer nur unter Frauen.«

»Da fehlt dir doch bestimmt was.« Isabel legte ihre Hand an den Hals. »Oder bist du etwa asexuell?«

»Nein! Natürlich nicht!«

Sie bewegte ihre langen Finger langsam über ihr Schlüsselbein. »Könnte ja sein. Wär natürlich schade.« Ihre Hand glitt noch ein Stück weiter nach unten. »Natürlich nur ganz grundsätzlich. In deinem Fall kann es mir ja eigentlich egal sein, oder?« Argwöhnisch wartete sie auf meine Reaktion.

»Klar.« Ich trat von einem Bein auf das andere.

Tessa rollte mit den Augen und sah Isabel dann angewidert an.

Ich räusperte mich und lächelte schnell wieder. »Auf jeden Fall noch einmal vielen Dank! Ich hoffe, ihr habt euch nicht zu sehr in Unkosten gestürzt. Das war doch bestimmt total teuer!«

»Nicht, wenn man Beziehungen hat«, sagte Isabel.

Tessa hob die Augenbrauen. »Oder hatte.«

Was hatte das schon wieder zu bedeuten?

»Ich hatte mal was mit Marc«, gelangweilt sah Isabel mich an.

»Mit dem Kerl von eben?«

»Ja.«

»Der war gar nicht schwul?«

»Nein, hast du das nicht gemerkt?«

»Na ja, ich war mir nicht sicher …«

»Die wenigsten Stripper sind schwul. Wenn man so aussieht wie Marc, verdient man halt ganz gut. Also für uns gab's natürlich den Freundschaftspreis. Außerdem spekuliert er darauf, dass ich noch mal mit ihm ins Bett steige.«

»Ist ja auch egal«, sagte Tessa spitz und wandte sich an mich. »Jedenfalls war die Sache auch als Dankeschön für dein tolles Essen gedacht.«

»Welches Essen?«

»Im Kühlschrank. Der aufwendige Salat und der Pfannkuchenteig. Und das Rote-Bete-Zeug in der Orangensoße – superlecker!«

Ich nickte. »Das sollten eigentlich Crêpes Suzette werden …«

Tessa sah mich mit großen Augen an. »Hey, sorry wegen Samstag. Wenn's um *Sex and the City* geht, sind wir ein bisschen … fixiert. Das nächste Mal kannst du gerne mitschauen.«

»Danke, mal sehen.«

Sie drückte den Rücken durch und lächelte. »Das Essen war jedenfalls wieder superlecker!«, sie wickelte sich eine Haarsträhne um den Finger, »hast du eigentlich ein spezielles Kochbuch? Wenn ja, würde ich vielleicht auch mal ein Rezept daraus ausprobieren.«

Ich lächelte. Sie war schon süß.

»Nein, ich koche nicht nach Rezept. Ich mach das eher nach Gefühl.«

»Dann schreib doch selber mal ein Kochbuch!«

»Nur, wenn du es illustrierst.«

Isabel atmete hörbar aus. »Marion hätte übrigens auch fast davon gegessen, war sich aber unsicher, ob du ihr nicht heimlich doch wieder Fleisch unterjubelst. Sie will das nächste Mal die Einkaufszettel sehen, damit sie weiß, was du ihr vorsetzt.«

»Nicht im Ernst?«

Isabel sah mich belustigt an.

Natürlich meinte Marion es ernst. Es war ihr mal wieder gelungen, jede Hoffnung auf einen natürlichen Umgang miteinander im Keim zu ersticken.

»Jedenfalls würde Marion dann mitessen. Und sie findet es übrigens auch okay, wenn du beim Mädelsabend mitgucken willst«, sagte Tessa.

»Was für eine Ehre.«

»In der Tat.« Tessa lächelte. Sie ging zur Tür und wandte sich, kurz bevor sie rausging, noch einmal um.

»Vielleicht hast du ja Lust auf einen gemeinsamen

Abend? Wenn schon unsere kleine Überraschung ein Reinfall war …«

»Nein, das war ja eine nette Idee«, beeilte ich mich zu sagen, »ihr konntet ja nicht wissen, dass Stripper nicht so mein Ding sind und auf welchen Männertyp ich stehe.«

In dem Moment klingelte es an der Wohnungstür, und Tessa eilte aus dem Zimmer. Isabel folgte ihr.

Ich hoffte inständig, dass ihnen die Bemerkung des Nacktputzers nicht zu denken gegeben hatte. Diese Lügengeschichte musste doch auffliegen.

Ich schob den Gedanken beiseite und konzentrierte mich lieber auf den bevorstehenden Abend. Ich würde ein paar schöne Stunden mit Isabel und Tessa auf der Couch verbringen, und wenn ich Glück hatte, würde sogar der Störfaktor Marion wegfallen.

Ich sank in das Polster des Sessels und bemerkte, dass das Internetradio immer noch lief. Eine Boyband trällerte sich den Herzschmerz von der Seele.

Hurts.

Etwas fester, als es dem Gerät gutgetan hätte, klappte ich den Laptop zu.

ELF

Als ich später das Wohnzimmer betrat, tätschelte Tessa gerade den haarigen Arm eines braun gebrannten Lackaffen, der neben ihr auf der Couch saß.

So hatte ich mir den gemeinsamen Abend nicht vorgestellt.

Tessa sah auf. »Till, das ist Andrew.«

Der Schönling mit Collegeboy-Look und Seidenschal beugte sich vor und streckte mir die Hand entgegen. »Hi!«

Ich ignorierte seine Hand und nahm auf der Couch neben Isabel Platz, die sich abwesend die Fingernägel feilte.

»Hi«, sagte ich knapp, während Andrew zögerlich seine Hand zurückzog, »gehört der zu Marc?«

»Natürlich nicht!« Tessa sah mich böse an.

»Wer ist Marc?«, fragte Andrew.

Tessa legte ihrem Affen schon wieder die Hand auf sein Fell. »Niemand. Till versucht nur, witzig zu sein.«

Ohne den Blick von ihm zu lösen, sagte sie: »Andrew und ich sind verabredet.«

Unglaublich! Vor Kurzem hatten wir noch inniglich zusammen auf der Terrasse gesessen. Ihr »Schade« war mir nicht mehr aus dem Kopf gegangen. Jetzt musste ich erkennen, dass es wohl doch nichts bedeutet hatte.

Tessa sah mich immer noch nicht an.

»Nichts für ungut, Andrew«, begann ich, »ich war nur kurz irritiert, weil die Damen gerade einen Stripper hier hatten.«

»Einen Stripper?« Andrew sah fragend zu Tessa und Isabel.

»Ein Freund von mir, der ein bisschen für Till getanzt hat. Till ist nämlich schwul.« Isabel zwinkerte mir zu und widmete sich dann wieder ihren Nägeln.

Tessa sah dankbar zu Isabel; mich würdigte sie noch immer keines Blickes.

»Aber ihr hattet auch euren Spaß, oder, Mädels?«, fragte ich laut.

Tessa und Isabel sagten nichts, und auch Andrew hielt es wohl für klüger, die Sache nicht weiter zu hinterfragen.

»Wo habt ihr euch denn kennengelernt?«, fragte Isabel, ohne den Blick von ihren Nägeln zu heben. Es war verblüffend, wie normal und unschuldig sie sein konnte. Ich hätte gedacht, dass sie sich ohne Scheu auf den leeren Platz neben Andrew setzen und ihren Oberkörper gegen seinen anderen Arm drücken würde. Schade, dass ihr das Feilen ihrer Fingernägel offenbar wichtiger war.

»Wir kennen uns vom Joggen.«

»Ja, Andrew hat ein paar gute Dehnübungen drauf.«

Ich lachte kurz auf und schluckte. Hatte Tessa das wirklich gesagt?

»Und was machst du sonst so, Andrew?«, fragte sweet sweet Isabel.

»Ich bin Model.«

»Mit der Behaarung?« Ich konnte nicht anders.

Andrew lächelte nicht.

»Till, was soll das denn? Verteidigst du dein Revier, oder was? Keine Angst, Andrew will dir dein Zimmer nicht streitig machen.«

Ich ignorierte Tessas wütenden Kommentar und beugte mich vor. »Aber das interessiert mich wirklich. Die Jungs, die neuerdings bei Abercrombie & Fitch rumstehen, sehen ja eher aus wie ganzkörpergewachst.«

»Eigentlich ist nur wichtig, dass die Brust glatt ist. Und der androgyne Typ wird eh immer weniger gebucht«, sagte Andrew schon wieder etwas freundlicher. »Natürlich müssen wir uns immer den Kundenwünschen anpassen, aber in der letzten Zeit habe ich vor allem für noble Herrenausstatter gearbeitet, die wollen eher den maskulinen Karriere-Typ.«

Tessa nickte und lächelte Andrew an. Es war einfach nicht zu fassen, wie sie diese selbstverliebte Katalogschablone anhimmelte.

»Also in eurer Branche sind die meisten doch auch schwul, oder?« Ich zwinkerte ihm zu und schlug die Beine übereinander. »Hattest du schon mal was mit einem Modelkollegen?« Ich legte die Hände im Schoß zusammen und sah ihn mit gespielter Spannung an.

»Ich? Nein! Und die meisten meiner Kollegen sind auch hetero!«, sagte Andrew laut.

Ich seufzte. »Ach, wirklich? Schade. Aber du hast kein Problem mit Schwulen, oder? Also mit mir zum Beispiel?«

»Äh, nein, hab ich nicht. Kannst du ja nichts für.«

Tessa runzelte die Stirn.

Endlich.

»Nein, kann ich nicht. Auch, dass mir Kochen Spaß macht, kann ich einfach nicht unterdrücken«, sagte ich mit einem etwas übertriebenem Singsang.

»Till kann wirklich gut kochen. Du musst unbedingt mal zum Essen kommen!«, versuchte Tessa die Wogen zu glätten.

Ich grinste breit und nickte heftig. »Ja, unbedingt!«

Andrew lächelte schmierig. »Na klar, du kochst. Was kochst du denn so?«

»Also, mein Faible für Chemie kommt mir da sehr zugute. Ich probiere gern mal ungewöhnliche Kombinationen aus. Marion hat mich deswegen schon mal als ›Giftmischer‹ bezeichnet.«

»Er macht nur Spaß«, sagte Tessa matt und sah jetzt genervt-gelangweilt aus. Isabel hatte inzwischen ihre Maniküre beendet und tippte konzentriert eine SMS in ihr Handy.

»Stimmt, ist alles halb so wild. Komm einfach mal zum Essen dazu. Wird dir bestimmt schmecken!«, sagte ich.

Andrew spielte an den Fransen seines Seidenschals.

»Was interessiert dich denn so?« Damit konnte ich ihn bestimmt kriegen.

Andrew beugte sich vor, sichtlich zufrieden, wieder über sich reden zu können.

»Also, man sieht mir zwar nicht an, dass ich mich auch mal dreckig mache«, er lachte laut auf, »aber ich bastele ganz gern an meinen Autos. Tuning, Pflege, alles, was meine Babys so brauchen.«

Wunderbar, ich musste fast nichts mehr tun.

»Du hast mehrere?«

»Drei, aber vielleicht verkaufe ich meinen alten Mercedes SL wieder, das Wetter in Hamburg ist einfach nichts für ein Cabrio.«

Tessa lächelte abwesend und starrte auf die ungeöffnete Weinflasche auf dem Tisch.

»Wobei ein Cabrio natürlich schon sehr cool ist.« Andrew war jetzt in Fahrt. »Meines hat zum Beispiel …«

»Andrew, sollen wir nicht mal den edlen Tropfen probieren, den du mitgebracht hast?«, fragte Tessa bestimmt.

»Klar, natürlich.« Andrew griff nach der Flasche und dem Korkenzieher. »Der ist aus dem Weinkeller meines Vaters. Sauteuer!« Bei dem Versuch, die Flasche zu öffnen, brach ihm der Korken ab. Andrew bemühte sich, den Rest aus dem Flaschenhals zu bekommen, und zog und drückte, bis die Überreste schließlich in kleinen Bröckchen auf der Weinoberfläche schwammen.

»Egal«, sagte er und goss die Gläser auf dem Tisch randvoll. »Prost!« Er trank einen großen Schluck und lächelte in die Runde.

»Prost!«, sagten Tessa und ich und dann auch Isabel, die kurz ihr Handy weglegte.

Ich setzte das Glas an meine Lippen, trank und verschluckte mich fürchterlich. Der Wein schoss mir in die Nase, heftig prustend trat ich versehentlich gegen den Tisch, die Flüssigkeit in Andrews Glas schwappte ihm über seinen Schal.

Tessa sprang auf und kam zu mir. »Alles okay?«, fragte sie besorgt. »Soll ich klopfen?« Sie setzte sich dicht neben mich und legte die Hand auf meinen Rücken.

Ich hustete noch etwas weiter und genoss die Berührung. »Ist schon gut«, sagte ich gepresst, vermied es, Atem zu holen, und hoffte, dass mein Kopf mittlerweile rot angelaufen war. Als ich es nicht mehr aushielt, sog ich langsam etwas Luft ein. Andrew hielt sich mit einer Hand, deren kleinen Finger er abspreizte, pikiert den Schal vom Leib und wartete darauf, dass Tessa sich zu ihm umdrehte.

»Ich muss ein Korkenstück in die Luftröhre bekommen haben«, sagte ich zu Tessa und räusperte mich. »Der Wein ist viel zu alt, den hätte man mal umkorken müssen, dann wäre der Korken nicht so spröde gewesen.« Räusper. »Und leider hat er auch zu viel Sauerstoff …«, räusper, »… bekommen, der hat überhaupt keine Aromen mehr.«

Entnervt hob Andrew seinen Schal höher. »Tessa, hast du Gallseife?«

Tessa blickte auf. »Ach du meine Güte! Nein, ich glaube, so was haben wir nicht.«

»Probier's doch mal mit dem Flohshampoo, das im Bad steht.«

Andrew schien meine Bemerkung nicht zu gefallen.

»Flöhe? Was seid ihr eigentlich für ein komischer Haufen? Stripper, Homos, Giftmischer, Flöhe … Und was kommt als Nächstes?« Er erhob sich und hielt den Schal in unveränderter Pose zwischen den Fingern. »Ich muss sofort meine Sachen reinigen lassen; ihr habt keine Ahnung, was die gekostet haben.«

Bevor er aus dem Zimmer trat, drehte er sich noch einmal um und sah zu Tessa. »Ich ruf dich an, Baby.« Dann war er verschwunden.

Tessa setzte sich zurück auf ihren Platz und nahm gedankenversunken ihr Weinglas in die Hand.

»Trink das lieber nicht.« Ich sah sie ernst an.

Tessa blickte ins Leere und nahm trotzdem einen Schluck. »Du hast dich halt verschluckt. Der Wein ist nicht schlecht.« Sie sah mich an. »Du warst nicht gerade nett zu ihm. Was sollte das?«

»Ich hab doch gar nichts gemacht! Ich hab dir nur ein bisschen auf die Sprünge geholfen.« Leiser fügte ich hinzu: »Mal ehrlich, Tessa, der ist doch strohdoof, der passt doch gar nicht zu dir.«

Tessa betrachtete die Weinlache auf dem Tisch und kaute an ihrer Oberlippe. »Vielleicht. Aber das ist immer noch meine Sache.«

Ich schwieg und grub meine Hände in die Ritzen zwischen den Sitzkissen. Ich spürte einige Erdnüsse an den Fingerspitzen.

Isabel schob ihr Handy in die Hosentasche und setzte

sich zu Tessa. Wortlos legte sie ihr den Arm um die Schultern. Tessa lehnte ihren Kopf an – das schien sie also generell gern zu machen – und sagte: »Isa, hast du noch den Cameron-Diaz-Film? Auf den hätte ich jetzt Lust.«

»Ja, gute Idee.« Isabel stand auf und ging den Film holen.

Ich erhob mich ebenfalls, räumte die Gläser ab und bemühte mich, so gut es ging, die Rotweinspritzer aus dem Couchpolster neben Tessa zu reiben.

»Lass mal, das geht so eh nicht raus. Da müssen wir bei Gelegenheit mal den Bezug abziehen.«

Ich nickte und schickte mich an, in mein Zimmer zu gehen. »Till?«

Ich drehte mich um und sah in Tessas große, ruhige Augen.

»Ich bin nicht mehr böse.« Sie lächelte leicht. »Wenn du magst, kannst du ruhig mitschauen. Vielleicht gefällt der Film dir ja auch.«

Ich überlegte kurz, ob ich nicht besser gehen sollte. Aber ich konnte Tessas Lächeln nicht schon wieder verkümmern lassen. »Klar, gern. Soll ich uns noch ein Ben & Jerry's von der Tanke holen?«

Tessas Lächeln wurde breiter. »Au ja! Aber nur, wenn es nicht nach Benzin schmeckt …«

»Ein Becher hätte doch auch gereicht«, sagte Isabel, als ich drei davon auf den Tisch stellte.

»Ich wusste nicht, ob Marion auch noch kommt …«, sagte ich vorsichtig.

Tessa löste die Folie der Sorte Cookie Dough vom Becher und schüttelte den Kopf. »Die ist heute beim Capoeira. Wird sicher spät. Wir können ihr ja was übrig lassen.« Sie öffnete das Eis und schob sich genießerisch einen großen Löffel in den Mund. »Oder auch nicht.«

Breit grinsend deutete sie auf den freien Sofaplatz zwischen sich und Isabel. »Und weil du uns so lieb das Eis geholt hast, darfst du auch in der Mitte sitzen.«

Beglückt ließ ich mich nieder. Während ich an der Tanke gewesen war, hatten es sich die beiden gemütlich gemacht, und so saß ich nun zwischen Isabel in ihrem schwarzen Satin-Morgenmantel und Tessa, die einen Baumwollpyjama trug. Egal, welche Schnulze mich nun erwartete – so ließ sie sich aushalten.

Mit Beginn des Films sprachen die beiden kein Wort mehr und verharrten bald in der Wärmflasche-auf-dem-Bauch-Haltung, wobei sie ihre Arme vor dem Oberkörper verschränkten und die Beine anwinkelten. Sie starrten auf den Fernseher, öffneten manchmal leicht den Mund. Ich verkniff es mir, sie in diesen Momenten mit Eis zu füttern.

Ich verfolgte das Geschehen des Films zunächst aufmerksam, wünschte mir aber schon bald mein Handy herbei, um Solitär zu spielen. Auf dem Fernsehschirm konnte ich mitverfolgen, wie ein kleines Mädchen gezeugt wurde, um ihrer krebskranken Schwester Körperteile spenden zu können, und wie sie schließlich um das Selbstbestimmungsrecht über ihren Körper kämpfte. Außerdem ging es um den Hund ihres Anwalts, ihre völlig überforderte Mutter mit dem perfekten Make-up und um einen Gothic-Typen, der die kranke Schwester auf der Krebsstation zum Jahresball einlädt. Dazwischen wurde aus dem Off über das Leben philosophiert, der Flug einer Feder in Zeitlupe gezeigt und, natürlich, immer wieder geweint.

Die letzten dreißig Minuten sprang das Geheul schließlich auf die Zuschauerinnen über.

Während die Figuren im Film ihr Schicksal annahmen, verloren Tessa und Isabel zunehmend die Fassung. Tessa saß schluchzend neben mir. Auch Isabel schniefte verstohlen und tupfte mit dem Zipfel eines Taschentuchs immer wieder vorsichtig unter ihren Augen entlang.

Um nicht als zu abgebrüht und damit womöglich als Hetero aufzufallen, nahm ich schließlich vorsichtshalber die gleiche Sitzhaltung wie meine Mitbewohnerinnen ein und gab mir Mühe, laut zu atmen.

Tessa und Isabel rückten näher an mich heran. Auf der einen Seite umschmeichelte mich der kühle Stoff von Isabels Satinmantel, auf der anderen wärmte Tessas Flanell. Ich musste mich zwischen den deutlich spürbaren, weichen Frauenkörpern zwar etwas zusammenreißen, aber darin hatte ich ja mittlerweile Übung. Bewährte Methoden, wie die kurzzeitige Gedankenfixierung auf die Arbeit oder nun auch auf Marc oder Andrew, ermöglichten es mir, trotz der reizvollen Nähe nicht auffällig zu werden.

Ich lehnte mich zurück und seufzte. Könnte Kathrin mich jetzt nur …

Augenblicklich würgte ich den Gedanken ab. In solch schönen Momenten hatte sie nichts mehr verloren.

ZWÖLF

Schmachtend sah ich durch die Glaswand am Ende des Raumes. Ein überdimensionaler Schneebesen schlug kräftig und stetig die in großen Metalltrommeln befindliche Creme. In meinem Magen grummelte es.

Die Rührtöpfe erinnerten an eine riesige Küche, mit der man unzählige genussfreudige Gaumen befriedigen konnte. Der Anblick war hypnotisierend. Ein Gesetz der Aufmerksamkeitsökonomie besagte, Bewegung erzeuge Beachtung. Besonders kreisende Bewegungen. Und dazu bedurfte es nicht unbedingt einer gebärfreudigen Hüfte, wie ich jetzt feststellte.

Als die Proben meinen Tisch erreichten, hätte ich ihren Inhalt am liebsten aus den kleinen Dosen geschlürft. Die Maschinen rührten die weiße Masse so lange, bis sie einer fluffigen Sahnemousse glich und mit den wässrigen Pflegeprodukten der Konkurrenz nichts mehr gemein hatte.

Kurzerhand zog ich meine Mittagspause vor und sparte mir die Mühe, den Pausenraum aufzusuchen. Wichmann war noch bei der Abnahme der LaSea-Werbekampagne und würde erst später auftauchen.

Ich schob meinen Mundschutz auf die Stirn, zog die Latexhandschuhe aus und holte zwei Thunfisch-Sandwiches aus dem Laborkühlschrank, die ich vor Arbeitsbeginn in unserer Kantine gekauft hatte. Eigentlich war es streng verboten, persönliche Sachen oder gar Lebensmittel mit an den Labortisch zu nehmen, geschweige denn, in den Kühlschrank zu tun. Aber auf dem langen Weg zu meinem Spind wegen Unterzuckerung umzukippen, konnte ja auch nicht im Interesse meines Arbeitgebers sein.

Widerwillig packte ich ein Sandwich aus und betrachtete es. Unglaublich, was ich zu essen bereit war, wenn ich hungrig und gelangweilt war. Ich biss eine Ecke ab. Der Thunfisch schmeckte beliebig, der drauf geklatschte Salat war labbrig, und das ganze Brot roch nach Latex. Was soll's. Schließlich aß ich sogar die rohen Zwiebeln mit, zu Hause erwartete mich eh kein Kuss.

Als ich aufsah, begegnete ich dem Blick einiger Kollegen. Ich grinste ihnen zu und nahm einen erneuten Bissen. Sollten sie mich doch verpfeifen. Ich schien ihnen ohnehin nicht ganz geheuer zu sein. Am Morgen waren mehrfach Gespräche verstummt, als ich vorbeigekommen war.

Es war mir egal, was die Kollegen dachten, überhaupt war mir der ganze Laden heute erstaunlich gleichgültig. Nachdem ich das zweite Sandwich in den kleinen Eimer für benutzte Pipetten entsorgt hatte, legte ich meinen Mundschutz auf den Tisch. Ich stand auf und wischte mir die Krümel vom Kittel. Zu einer ordentlichen Mittagspause gehörte schließlich auch, dass man sich mal etwas entspannte. Ich ließ die Cremeproben Cremeproben sein und schlenderte aus dem Labor. Nachdem ich in der Kantine festgestellt hatte, dass es keinen Nachtisch gab, der weißer Mousse au Chocolat auch nur entfernt ähnelte, spazierte ich durch die oberen Stockwerke des Hauses. Ich grüßte alle, die mir begegneten, um meinem Auftritt in diesen Fluren wenigstens eine scheinbare Berechtigung zu verleihen. Dann folgte ich einer Laune und fuhr in den Keller. Der Fahrstuhl endete im Erdgeschoss, die Treppe führte jedoch noch ein Stockwerk tiefer. Ich huschte an einem »Betreten für Unbefugte verboten«-Schild vorbei und ließ mich auch von einem seltsamen, stallartigen Geruch nicht abschrecken. Am Ende des Gangs stand ich schließlich vor einer verschlossenen Tür. Ich hielt meine Keycard vor das Kartenlesegerät. »Access denied« blinkte es in roten Digitallettern auf dem Display des Kastens auf. Als ich mich zum Gehen wandte, hörte ich plötzlich ein dumpfes Scharren und Hecheln. Ich legte mein Ohr an die Tür. Alles war still. Ich wartete, aber es war nichts mehr zu hören. Schließlich trat ich den Rückweg an. Ich würde den Geräuschen später nachgehen müssen.

Bevor ich zu meinem Probenturm zurückkehrte, ging ich in den Toilettenraum. Ich stand am Pissoir und starrte auf die makellosen weißen Kacheln, die das kalte Licht der Leuchtstoffröhren zurückwarfen, sodass man fast schneeblind wurde. Plötzlich drängte es mich, den Fassadenkönigen von LaRouge einen Denkzettel zu verpassen.

Ich blickte zur Tür und lauschte. Alles war ruhig. In einem Adrenalinrausch, der mit dem Öffnen meines roten Eddings begann und mit dem hastigen Aufdrücken der Stiftkappe endete, malte ich einen Baum, der im Pissoir wurzelte, an die Wand. Zufrieden betrachtete ich mein Werk. Fehlte nur noch ein passendes Statement. Kurzerhand schrieb ich »All beauty must die!« über die üppige Baumkrone.

Während ich überlegte, welche Kampfparolen ich noch hinzufügen konnte, drang das Geräusch von Schritten an mein Ohr. Mein Hochgefühl schlug jäh in Besorgnis um. Ich schaffte es gerade noch, den Stift in die Tasche zu schieben, bevor die Tür aufging.

Wichmann.

Meine Besorgnis wich blanker Panik. Schnell nickte ich ihm zu und sah sofort wieder auf die Wand vor mir. Mit kalten, schwitzigen Händen öffnete ich meine Hose. Ich sah nach oben, dann nach unten und stellte fest, dass ich einen dicken roten Strich am linken Zeigefinger hatte.

Wichmann stellte sich an das Pissoir neben mir. Ich kniff kurz die Augen zusammen, um auszublenden, was er nun unweigerlich sah.

»Wie lange geht denn die Pause schon, Herr Gericke? Auf Ihrem Tisch stapeln sich die Proben.«

Seine Worte hallten in dem gekachelten Raum.

»Blasenprobleme«, stieß ich hervor. Prüfend inspizierte Wichmann, was ich in der Hand hielt. Das Objekt der Betrachtung zog sich unter Wichmanns kritischem Blick zusammen.

Verdammt, hoffentlich hatte er nicht auf meine Hände geachtet. Wichmann öffnete die Hose und sah mich kopfschüttelnd an. »Gehen Sie mal zum Arzt. Aber nicht während der Arbeitszeit.«

Wichmann schien keine Probleme mit dem Wasserlassen zu haben, wie ich unfreiwillig feststellen musste. Die Geräusche im Raum erinnerten für etwa eine Minute an einen Feuerwehrschlauch im Hochleistungsbetrieb.

»Wird wohl nichts mehr«, musste ich für meinen Teil konstatieren, packte hastig ein und wollte mich schnell verabschieden.

»All beauty must die«, sagte Wichmann langsam und laut.

Wie konnte ich auch nur einen Moment geglaubt haben, dass er den einzigen Farbfleck im ganzen Raum übersehen würde!

»Na, das ist ja prächtig, ein richtiges Kunstwerk! Vielleicht sollte der Schmierfink ins Marketing wechseln, was meinen Sie?«

Ich schloss die Augen. Er wusste es. Ich würde dieses Gebäude heute zum letzten Mal betreten haben.

»Weiß nicht …«, stammelte ich auf dem Weg zum Waschbecken. Ich betätigte dreimal kräftig den Seifenspender, stellte das Wasser an und rieb mir die Hände ein. Die Farbe am Finger löste sich nicht.

»Die Farbe geht nicht ab, Herr Gericke. Sie wissen doch, dass die Stifte, die wir hier benutzen, wasserfest sind.«

Schnell drehte ich mich zu ihm um. »Ich habe damit nichts zu tun! Ich bin nur vorhin beim Beschriften von Proben abgerutscht.«

Er stand immer noch am Pissoir. »Ach, wirklich?«

»Ich habe …«

»Hören Sie auf, Gericke!« Sein Reißverschluss ratschte zu und er spülte. Wichmann trat an ein Waschbecken und ließ Wasser über seine alten, adrigen Hände laufen. »Natürlich waren Sie das!« Seine dünnen Lippen verzogen sich zu einem Lächeln. »Kleine Mädchenschmierereien passen doch zu Ihnen. Holt Sie heute eigentlich wieder Ihr fescher Freund mit seiner Limousine ab?«

Jetzt wusste ich, worüber die Kollegen heute Morgen getuschelt hatten.

Ich hatte es so satt. Zu Hause durfte ich kein Hetero sein, hier diskriminierte man mich wegen meines angeblichen Schwulseins.

Wütend stolperte ich auf ihn zu. »Ich bin nicht schwul!«, zischte ich. »Und selbst, wenn ich's wäre … Das Bild hätte jeder malen können! Weisen Sie mir das mal nach!«

Wichmann sah mich unbeeindruckt an. Langsam ging er zum Papierspender und trocknete sich jeden Finger einzeln ab.

»Herr Gericke, wem wird man eher glauben? Ihnen

oder mir? Ich muss nur einen Anruf tätigen, kann behaupten, was ich will, und schon sind Sie draußen.« Er knüllte das Papier zusammen und ließ es in den Mülleimer fallen.

Ich verspürte das starke Verlangen, auf ihn loszugehen. In einer Übersprunghandlung zog ich den Edding aus der Tasche, schleuderte die Kappe weg, machte einen Ausfallschritt und verpasste dem völlig überraschten Wichmann einen dicken, roten Schmiss auf die Wange.

»Sieht ganz so aus, als könnten Sie auch was mit der Schmiererei zu tun haben!«, sagte ich und warf den Edding in den Müll.

Herr Wichmann starrte mich an, trat ans Waschbecken und rubbelte mit einem eingeseiften Papiertuch wild an seiner Wange. »Das ist doch lächerlich! Sie sind erledigt, Gericke! Ich werde dafür sorgen, dass Sie in dieser Branche nie wieder einen Fuß auf den Boden kriegen, das verspreche ich Ihnen!«

»Da tun Sie mir einen großen Gefallen«, sagte ich und stieß die Tür auf. Bevor ich in den Flur trat, drehte ich mich noch einmal um. »Wer will schon in einer Firma arbeiten, die Tierversuche macht!«

An seinem fassungslosen Gesichtsausdruck erkannte ich, dass diese Behauptung irgendeinen Nerv traf. Nicht gewillt, noch länger die Anwesenheit dieses Chefmonsters ertragen zu müssen, ließ ich ihn stehen.

Zurück an meinem Tisch ließ ich kurzerhand eine Dose LaSea unter meinem Kittel verschwinden. So konnte wenigstens Pit von dieser Misere profitieren. Dann kehrte ich Tisch Nummer 666 ein für alle Mal den Rücken.

Ich lief ziellos durch die Straßen. Gekündigt nach einer Woche und anderthalb Tagen. Wie dumm musste man sich anstellen! Andererseits hatte ich nicht studiert, um an einem Fließband zu schuften. Vom speziellen Arbeitsklima und dem Führungsstil bei LaRouge mal ganz abgesehen.

Es musste einen anderen Job für mich geben, eine andere Branche, etwas ganz Neues. Ich musste mich neu orientieren. Viel Zeit hatte ich dafür allerdings nicht. Denn die Miete musste ich auch bezahlen.

An einer Bushaltestelle begegnete mir ein bekanntes Gesicht. Auf einem riesigen Plakat rieb sich eines der LaSea-Models lachend einen weißen Klecks auf die Wange. Es war mir unbegreiflich, wie die Plakate so kurz nach dem Shooting bereits überall hängen konnten.

»Das ist stinknormale Nivea-Creme!«, sagte ich wütend zu einer alten Frau, die sich der Bushaltestelle näherte. Sie sah mich irritiert an und beschleunigte ihre Schritte.

Ich starrte noch eine Weile auf das Plakat und wandte mich schließlich ab.

Was nutzte es? Und wen interessierte es? Zumal es ja überall so lief.

Ich steckte die Hände in die Hosentaschen und dachte an den schönen Abend mit Tessa und Isabel. Im Endeffekt war ich nicht anders. Ich gab vor, etwas zu sein, das ich nicht war, und würde das Dach über dem Kopf verlieren, wenn ich die Wahrheit sagte.

Das musste ein Ende haben. Mit jedem weiteren Tag als Pseudoschwuler wurde die Luft dünner. Ich konnte nur hoffen, dass ich einen neuen Job fand, bevor sie mir ganz ausging.

DREIZEHN

»Gibt's was zu feiern? Bist du befördert worden?«, fragte Isabel, als ich drei Tüten mit frischen Lebensmitteln auf den Küchentisch stellte. Sie nahm ihre Suppenschüssel auf den Schoß und sah mich fragend an.

»So könnte man's auch sehen«, sagte ich knapp und fing an, die Einkäufe auszuräumen. Kochen lenkte mich ab; Gemüse zu schneiden, Kartoffeln zu schälen und Zwiebeln anzuschwitzen, beruhigte mich. Leider konnte ich in dieser Wohnung aber nicht nur für mich allein kochen und hatte deswegen bei meinem tröstenden Besuch im Bioladen ein kleines Vermögen ausgegeben. Damit steckte ich nun auch noch im Dispo.

»Was ist eigentlich mit den Cremes, die du uns versprochen hast?«

Ich ignorierte ihre Frage und stellte den Schmand in den Kühlschrank. Als ich mich wieder umdrehte, war sie aufgestanden und lächelte mich breit an. »Es wäre wirklich super, wenn du da mal dran denken könntest, Till.« Sie legte mir die Hand auf die Schulter.

Ihre Berührung lähmte mich kurz. »Ich schau mal«, sagte ich schließlich unbeholfen, und Isabel zog ihre Hand zurück.

»Was gibt's denn eigentlich?«, fragte sie dann und stellte ihre halb leere Schüssel neben die Spüle. Darin schwamm ein wässriger Brei, der nach Nudelsuppe aus der Dose aussah.

»Würziges Schichtkuchen-Carpaccio aus lila Kartoffeln

mit Kräuterschmand und Forellenkaviar auf einem Pumpernickel-Fundament. Dazu Salat mit einer frischen Kräuter-Vinaigrette.«

»Hört sich fancy an … Du weißt aber schon, dass Marion auch keinen Fisch isst. Steht auch in den Regeln.«

»Dann soll sie den Kaviar eben weglassen, und ich schmier ihr eine Butterstulle extra.«

Isabel nahm die Flasche Essig, die ich gerade ausgepackt hatte, und las das Etikett vor: »Vintage Balsamicoessig, extramild, zehn Jahre in französischen Eichenfässern gereift.« Sie hob die Augenbrauen. »Klingt ja wie ein Whisky. Teuer?«

»Ist doch egal.«

Ich nahm ihr die Flasche weg.

Isabel sah an mir herunter. »Vielleicht solltest du dir auch mal ein paar neue Klamotten leisten, deine Jeans sind schon ganz schön durchgescheuert.«

Ich folgte ihrem Blick. Okay, die Hose konnte mal wieder eine Wäsche vertragen, und ja, die Knieregion sah etwas abgewetzt aus, aber so schlimm war das doch nun auch wieder nicht.

Ich sah Isabel an, die schon wieder ganz mit sich beschäftigt war. Konzentriert zupfte sie sich einen Fussel vom Pullover. Wie immer war sie perfekt gestylt. Ihr schwarzer Pony lag in einer glänzenden Welle schräg über ihrer Stirn, die Lidstriche saßen akkurat.

Ich wandte mich ab. Mir war schleierhaft, wie man so viel Zeit in sein Erscheinungsbild investieren konnte. Obwohl Isabel damit durchaus Wirkung erzielte, das musste ich zugeben.

Bevor ich mit dem Kochen begann, brauchte ich noch einen Kaffee. Ich nahm eine Tasse aus dem Geschirrspüler, ließ die Espressomaschine fauchen und öffnete die gerade gekaufte H-Milch. Ich goss einen Schluck in die Tasse und ließ die Tüte in Tessas Geheimdepot verschwinden. Als ich aufsah, begegnete ich Isabels aufmerksamem Blick.

»Oh, sorry, willst du auch einen?«, fragte ich.

»Nein danke, ich trinke keinen Kaffee, ist schlecht für die Haut.« Sie zog die Ärmel ihres schwarzen Oberteils über die Hände und sah zur Seite. »Tessa hat mir übrigens von eurer Party-Idee für Samstag erzählt. Ich hab schon ein paar Typen eingeladen.«

Ich hätte ihr gerne gesagt, dass sie lieber ein paar Freundinnen einladen sollte. Wenn das so weiterging, wurde ich wirklich noch zum Eunuchen.

Plötzlich stand Marion in der Tür. Sie trug eine lila Blümchenbluse und eine orangefarbene Nepalhose aus grobem Leinen. Mein Eunuchentum nahm Gestalt an.

Ohne ein Zeichen der Begrüßung oder des Erkennens, dass sich außer ihr noch andere Menschen im Raum befanden, ging sie zum Vorratsschrank und holte eine Tüte Studentenfutter heraus. Sie setzte sich zu Isabel auf die Küchenbank und riss die Tüte mit einem Ruck längs auf, sodass einige Rosinen, Mandeln und Cashewkerne auf den Boden fielen.

»Mist!« Sie kroch unter den Tisch, suchte die Streuverluste zusammen und kam mit rotem Kopf wieder hoch. Sie verlagerte den Haufen Nüsse und Trauben von ihrer Hand auf den Tisch und schüttete den restlichen Packungsinhalt dazu. »Was machst du eigentlich hier?«, fragte sie mich mürrisch, pickte Cashewkerne aus dem Haufen und warf sich die erste Ladung in den Mund.

Ich nahm mir fest vor, mich nicht provozieren zu lassen. »Kaffee trinken. Und was hat dir schon wieder die Laune verdorben?«, fragte ich ruhig.

»Meine Laune geht nur mich was an.« Sie schob sich ein paar Mandeln in den Mund und redete weiter. »Warum bist du eigentlich schon wieder vor mir zu Hause? Du weißt schon, dass du hier Miete bezahlen musst? Und um die Miete zu bezahlen, muss man arbeiten gehen.«

Ich atmete tief ein. Sie war allem Anschein nach mächtig auf Krawall gebürstet; es würde mir schwerfallen, mich zu beherrschen.

»Keine Angst, auf der Arbeit läuft alles super«, sagte ich und nahm einen großen Schluck meines Kaffees. Ich stellte die Tasse ab und räusperte mich. »Ich war heute sehr schnell, und da hat mir mein Chef den Rest des Tages freigegeben.«

Ich drehte mich zur Spüle und begann, den Salat zu waschen, während ich mich in Gedanken verfluchte, da ich es geschafft hatte, meiner Schwulenlüge eine Joblüge hinzuzufügen, was bedeutete, dass ich mich in Zukunft tagsüber irgendwo herumdrücken musste, um nicht aufzufliegen.

Lustlos zupfte ich die Salatblätter in Stücke und warf sie in die Salatschüssel. Die entspannende Wirkung des Kochens ließ auf sich warten.

Kurz entschlossen drehte ich mich zu Marion um und zeigte auf das Regelwerk auf der Fensterbank. »Warum steht in dem Ding eigentlich nicht, dass man nicht auf seine Mitbewohner losgehen darf, wenn man schlechte Laune hat?«

Isabel gluckste. »Weil Marion die Regeln geschrieben hat.«

Ich nickte. »Wer sonst.«

Marion unterbrach ihre Sortiertätigkeit und sah uns böse an.

»Man munkelt, du hättest mir so etwas wie ein Versöhnungsangebot ausgesprochen«, sagte ich und widmete mich wieder dem Salat. »Ich habe auch nur Sachen gekauft, bei denen du die Zusammensetzung überprüfen kannst. Extra für dich«, sagte ich spitz.

»Gut. Aber das heißt noch lange nicht, dass ich dir vergebe. Warten wir mal bis nach dem Essen. Vielleicht schmeckt es ja auch gar nicht.«

Marion kramte in den verbliebenen Rosinen, nahm eine auf und zögerte. Schließlich ließ sie sie wieder fallen und lehnte sich zurück. »Ich hab einen Riesenhunger, bei mir war es heute super anstrengend.«

Ich stellte geräuschvoll die Salatschüssel auf den Tisch. Marion klatschte in die Hände. »Das ist ja wie bei Tischlein deck dich!« Ihre Mundwinkel sprangen nach oben und verzogen ihr Gesicht zu einer Fratze.

Ich hielt inne und sah Marion mit offenem Mund an. Jetzt hatte sie das Fass zum Überlaufen gebracht!

Sie merkte, dass sie überzogen hatte und hörte auf zu grinsen.

»Du hast also großen Hunger, ja?«, sagte ich und versuchte, meine Stimme zu kontrollieren. »Na, wie gut, dass ich dein Essen schon fast fertig habe!«

Mit einer schnellen Bewegung nahm ich die Salatschüssel, kippte den Salat in das Sieb zurück und knallte die leere Schüssel direkt vor Marion auf den Tisch. Dann klaubte ich die Kassenzettel aus den Tüten, warf sie in die Schüssel und übergoss den Haufen mit Olivenöl und dem neuen Balsamicoessig.

»Für dich, meine liebe Marion, gibt es heute etwas ganz Besonderes!« Ich griff nach einem Löffel und rührte die Zettel in der Flüssigkeit, bis sie völlig durchtränkt waren. »Einen köstlichen Quittungs-Salat!«

Marion starrte mich an.

»Na los, lass es dir schmecken!«, sagte ich und schob ihr die Schüssel unter die Nase.

Marion wich zurück und sagte nichts. Isabel schaute Marion und mich im Wechsel an und schmunzelte. »Da ist jemand aber richtig sauer.«

Ich konnte diese Spielchen keine Sekunde länger ertragen. »Wisst ihr was, kocht euren Scheiß doch selber, ich bin doch hier nicht der Küchenclown!« Bevor ich aus dem Zimmer stürmte, drehte ich mich noch einmal zu Marion. »Für dich koche ich ab jetzt nur noch bedrohte Tierarten, das schwör ich dir! Tischlein leck mich!«

In meinem Zimmer schmiss ich mich aufs Bett und boxte in mein Kissen. Nachdem ich mich etwas beruhigt hatte, drehte ich mich um und starrte an die Decke. Was für ein beschissener Tag.

Ich bezweifelte, dass Marion zur Besinnung kommen und mich in Zukunft respektieren würde. Wahrscheinlicher war, dass sie in diesem Moment meinen Auszug in die Wege leitete. Aber ich hatte lange genug den Schwanz eingezogen. Was hatte ich mir alles gefallen lassen: die Wohnzimmerverbannung, Milchdiebe, Stripper-Exfreunde, behaarte Affen mit Seidenschals und nicht zuletzt Marions drakonisches Strafregiment. Was die Mädels hier von mir verlangten, konnten sie alle drei zusammen nicht erfüllen.

»Till?« Es klopfte an meiner Tür, die sich sogleich schwungvoll öffnete. Isabel trat ins Zimmer.

»Hab ich gesagt, dass du reinkommen kannst?«

Sie verschränkte die Arme vor der Brust. »Jetzt bleib mal locker, ich wollte nur sagen, dass sich Marion beruhigt hat, du kannst wieder in die Küche kommen.«

Darauf hatte ich zwar überhaupt keine Lust, aber

schmollend in meinem Zimmer zu versauern, war auch bescheuert. Außerdem war ich selber hungrig und würde einen Teufel tun, Marion die teuren Köstlichkeiten zu überlassen. Ich atmete tief ein, stand auf und folgte Isabel in die Küche.

Marion saß noch immer an ihrem Platz. Wortlos nahm ich die Schüssel vom Tisch und entsorgte ihren Inhalt. Ich wusch sie aus und fing an, das richtige Dressing zuzubereiten.

Dann legte ich das Kartoffelnetz und zwei Gemüsemesser auf den Tisch. »Hier, ihr könnt die Kartoffeln schälen.« Isabel grummelte ein bisschen, nahm aber ein Messer, selbst Marion griff zu. Während der nächsten halben Stunde sagte sie kein einziges Wort. Aber genau daran erkannte ich, dass ihre Herrschaft zu bröckeln begann.

VIERZEHN

Ich biss in den Cheeseburger und merkte, wie es auf meiner Brust warm wurde. Der Versuch, diesen Fraß zu mir zu nehmen, scheiterte also schon an der praktischen Umsetzung.

»Mist!«, entfuhr es mir laut. Ich hatte mein letztes passables T-Shirt mit Ketchup ruiniert. Am Nebentisch sah man belustigt zu, wie ich mit einer Papierserviette die Soße im Stoff verschmierte. Entnervt legte ich den labbrigen Burger aufs Tablett und stieß es weg.

Die Vorstellung, mich künftig am Bahnhof Altona von 1-Euro-Produkten von McDonald's ernähren zu müssen, war grauenvoll. Aber nach den gestrigen Einkäufen musste ich jetzt unbedingt kürzer treten.

Widerwillig zog ich das Tablett wieder zu mir und betrachtete mein industriell gefertigtes Hackfleischmahl. Über dem fettig-glänzenden Fleisch ragte ein Stück graue Essiggurke aus dem Burger.

Es musste etwas geschehen. Morgens ohne ein bestimmtes Ziel das Haus zu verlassen und schließlich bei McDonald's zu landen, war der erste Schritt zur Verwahrlosung. Von da an ging der soziale Abstieg ganz schnell: Burgeressen, Unwohlsein, antriebslos nach einem Job suchen und keinen finden, die Wohnung verlieren, ohne Wohnung erst recht keinen Job mehr bekommen, vor McDonald's auf der Straße um das Wechselgeld der Burgeresser betteln. Und dann: Alkoholismus, Drogenabhängigkeit, Beschaffungskriminalität, Prostitution, vollkommener Verlust der eigenen Würde und Identität.

Vielleicht war es doch nicht so schlau gewesen, den Job bei LaRouge kampflos aufzugeben. Die Arbeit war furchtbar, keine Frage, aber sie garantierte immerhin eine ausgewogene Ernährung und ein Dach über dem Kopf. Und wie schwierig war es gewesen, diese Stelle überhaupt zu bekommen! Als Chemiker eine neue Stelle zu finden, würde fast unmöglich sein, wenn Wichmann mich wirklich auf die schwarze Liste gesetzt hatte.

Ich griff nach dem Lokalblatt, das ich mir am Kiosk geholt hatte, und ging die Jobangebote durch. Die einzigen Stellen, die meiner Qualifikation entsprachen, waren Teilzeitjobs in der Lebensmittelentwicklung, sprich Genmanipulation, oder bei der Qualitätsprüfung in einer Samenbank.

Hastig faltete ich die Zeitung zusammen und legte sie auf den angebissenen Burger.

Wie es aussah, musste ich meine ausgetretenen Denkpfade verlassen und kreativere Einkommensmöglichkeiten in Erwägung ziehen. Aber welche? Sollte ich wie der Chemielehrer in *Breaking Bad* anfangen, Crystal Meth zu kochen? Dann konnte ich auch gleich eine Bank überfallen. Vielleicht musste ich etwas ganz Neues probieren, etwas, das nichts mit Chemie zu tun hatte. Ich legte meinen Kopf auf den Tisch. Orchideenzüchter. Sargschnitzer. Schiffschaukelbremser. Pommesfrittierer … Die fatale Wirkung des Fast Foods auf meine Gehirnfunktionen hatte bereits eingesetzt.

Träge hob ich den Kopf und sah mich selbst vor meinem geistigen Auge hinter der Theke stehen. Ein verschwitzter Bursche mit Kurzhaarschnitt, der Pommes aus der Fritteuse in Tüten schaufelte. Zaghaft fragte er: »Wie macht man eigentlich …?«

»Frittieren!«, fuhr ihm eine dumpfe Stimme ins Wort.

»Und wie …«

»Auch frittieren!«

In dem Moment trat eine rothaarige Frau mit Headset ins Bild. »Das muss flotter gehen! Und die Portionen sind viel zu groß!« Sie riss ihm die Papiertüte aus der Hand und deutete streng auf das Menü. »Steht da bei den Pommes ›Tills Spezial-Größe‹, oder was?« Sie schüttete den Inhalt der Tüte zurück in die Fritteuse. »Das war's, du kannst gehen!«

Ungläubig nahm der arme Kerl sein eigentlich überflüssiges Haarnetz ab.

Die Rothaarige schüttelte den Kopf. »Ich hab echt noch nie jemanden während der Einarbeitung rausgeschmissen – und die dauert nicht mal 'ne Stunde!«

Mit einem Ruck schrak ich aus meinem Tagtraum, sprang auf und eilte ins Freie. Bei McDonald's Pommes zu frittieren, war keine Option. Aber kochen! Warum war ich nicht früher darauf gekommen? Anspruchsvolle Gerichte für Menschen zubereiten, die sich zum Essen Zeit nahmen. Das würde mich vor dem Absturz ins Prekariat bewahren!

Allerdings hatte ich keine Kochausbildung. Für einen Moment sah ich die Gesichter meiner Eltern vor mir, wenn sie von meinen Plänen erfuhren. Eigentlich war es Wahnsinn, nach dem Studium noch eine Ausbildung anzufangen, aber wenigstens bekam man da ein festes Gehalt, und wenn ich Glück hatte, konnte ich verkürzen.

Für den Moment ging es aber darum, die Monatsmiete für mein Zimmer und die Einkäufe für das Barbecue am Samstag bezahlen zu können.

Als ich an einem Schaufenster vorbeischlenderte, machte mich mein Spiegelbild unsanft darauf aufmerksam, dass ich für die Umsetzung meines Plans erst mal neue Klamotten brauchte. In meiner ungewaschenen Jeans, dem rot verfleckten T-Shirt und meinem Dreitagebart würde mich niemand, der bei Verstand war, auch nur in die Nähe einer Küche lassen.

Ich entschloss mich, in die Innenstadt zu fahren. Gut gelaunt beschleunigte ich meinen Schritt, um mich dem Tempo der mich umgebenden Passanten anzugleichen. Ich lief einer Frau mit klackernden Absätzen Richtung S-Bahn hinterher und beugte mich dabei leicht nach vorn. So bewegten sich Menschen, die ein Ziel hatten.

In der Mönckebergstraße passierte ich eilig etliche Läden, die ich angesichts meiner finanziellen Lage nicht zu betreten wagte. Den Gedanken, Pit anzupumpen, musste ich verwerfen. Am Schaufenster einer kleinen Boutique mit moderaten Preisen bremste ich ab. Hoffentlich konnte ich meinen Dispo noch etwas weiter ausreizen, da die andere mögliche Lösung meines Problems zu einem Segeltörn unterwegs war.

Dreißig Minuten später saß ich in einer coolen bundfaltenlosen schwarzen Stoffhose, einem stylischen dunklen Shirt und einem gut sitzenden, schmal geschnittenen Jackett in der Bahn zurück in die Elbchaussee. Nicht unzufrieden registrierte ich den aufmerksamen Blick der zwei Frauen, die mir gegenübersaßen.

FÜNFZEHN

Vorsichtig drehte ich den Schlüssel im Schloss und drückte die Wohnungstür auf. Alles war ruhig. Tessa war wahrscheinlich noch wegen ihres neuen Auftrags unterwegs, Marion auf dem Friedhof und Isabel anscheinend tatsächlich mal an der Uni.

Erleichtert ging ich in mein Zimmer, startete den Laptop und begutachtete meine neue Erscheinung im Wandspiegel. Mit den neuen Klamotten und kurzen Haaren sah ich älter und seriöser aus. Nur der Bart musste noch ab. Ich ging ins Bad und gab meinem neuen Look mit dem Trockenrasierer den letzten Schliff. Als ich wieder vor den Spiegel trat, war ich zufrieden. Ich verlagerte das Gewicht von einem Bein aufs andere und übte, meine Hand so in die Hosentasche zu stecken, dass das anthrazitgraue Futter meines neuen Jacketts zur Geltung kam. Dazu probierte ich verschiedene Möglichkeiten eines freundlich-geheimnisvollen Blickes mit leicht geneigtem Kopf.

Plötzlich klingelte mein Handy. Ich kramte das Gerät aus meinem Stoffbeutel, nahm den Anruf entgegen und stellte mich wieder vor den Spiegel. Der erhobene Arm und das Handy am Ohr machten meinen Neuauftritt perfekt.

»… FISCH! Ob ich Fisch mitbringen soll?«

Mein Spiegelbild zeigte eine unschöne Gesichtsentgleisung. Ich drehte mich weg. »Was? Sorry, ich hab den Anfang nicht mitgekriegt.«

»Ich mache doch die Bootsüberführung von Norwegen.« Es war Pit, und er klang genervt. »Und bin erst am Samstag zurück. Soll ich für eure Grillparty von unterwegs Fisch mitbringen?«

»Ja, das wäre super. Aber sag mir rechtzeitig Bescheid, was für Fisch, damit ich das Essen planen kann.«

»Ich versuch's. Ach, und noch was: Hast du eigentlich die Katze endlich aus dem Sack gelassen, oder spielst du immer noch schwul?«

»Offiziell bin ich's immer noch, also verplapper dich auf der Party nicht.«

»Das glaubt dir doch mittlerweile eh keiner mehr.«

»Doch, sie scheinen es zu glauben. Es gab einfach noch keine gute Gelegenheit, es ihnen zu sagen.«

»Alter, ich versteh dich nicht. Du spielst den Schwulen, wenn da dauernd drei halb nackte Frauen um dich rumtanzen?«

»Im Gegensatz zu dir hab ich gelernt, mich zu beherrschen.«

»… in die Puschen, Alter.« Es rauschte, und ich verstand nur noch Satzfetzen. »… Schluss machen, muss jetzt aufs Boot … schon gespannt … bis Samstag.«

Weg war er. Um für ein vermutlich nettes Sümmchen in einer fremden Yacht über die Nordsee zu schippern. Vielleicht hätte ich den Segelsport doch nicht so schnell aufgeben sollen.

Ich schmiss mein Handy aufs Bett und läutete mit einem tiefen Seufzer die Internet-Jobsuche ein. Nur ein Kaffee fehlte noch.

Ich ging in die Küche und nahm eine Tasse aus dem Schrank.

»Na, schon zu Hause?«

Ich zuckte zusammen und fuhr herum.

Isabel saß barfuß auf der Küchenbank und lackierte sich die Fußnägel. Mit einer spielerischen Handbewegung pinselte sie den letzten Zeh knallrot an, nahm den Fuß von der Bank und stellte ihn zum anderen auf den Boden.

»Gefällt's dir?«, fragte sie und streckte mir ihre Füße entgegen.

Ich schluckte. Wie viel hatte sie gehört?

»Ähm, ja, sehr schön.«

Isabel schraubte den Nagellack zu und stellte ihn zu den anderen Tuben und Flaschen auf den Tisch. Offenbar betrieb sie hier schon länger ausgiebige Körperpflege.

»Warum machst du das denn in der Küche?«, fragte ich betont beiläufig.

»Weil hier das beste Licht ist. Aber davon versteht ihr Männer nichts.« Sie zwinkerte mir zu und legte langsam die Beine übereinander.

Ihr schwarzer Satinmantel war lose gebunden und obwohl ich ihr Gesicht fixierte, entging mir nicht, dass sie keinen BH trug. Als sie sich vorbeugte, wandte ich mich schnell der Espressomaschine zu.

»Wow, du warst ja shoppen! Nicht schlecht, das macht ja fast einen richtigen Kerl aus dir!«

»Danke. Die alten Jeans konnte ich dir ja auch nicht länger zumuten.«

Sie lachte kurz und klimperte hinter mir mit Geschirr. »Trinkst du einen mit?«

Mit einem Blick über die Schulter sah ich, wie Isabel zwei Gläser fingerbreit mit einer goldfarbenen Flüssigkeit füllte. Sie stellte die Flasche ab, und ich erkannte das Etikett: »Lagavulin 16«. Ein sündhaft teures Aushängeschild der schottischen Whiskykultur.

»Woher hast du den denn?«

»Karstadt. Na los, trink einen mit!«

»Eigentlich wollte ich gerade … was im Internet nachsehen.«

Isabel hielt ihren Kopf schräg und machte einen Schmollmund. »Das kannst du doch später noch machen. Komm, nur einen.«

Ich setzte mich zu ihr an den Küchentisch. Es war wahrscheinlich keine gute Idee, am frühen Nachmittag Hochprozentiges zu trinken. Vor allem, wenn man nichts als einen halben Cheeseburger im Bauch hatte.

Andererseits hatte ich keinen Grund, Isabels Einladung abzulehnen, und da sie von meinem Telefonat mit Pit anscheinend nichts mitbekommen hatte, konnte ich das Zusammensitzen mit einer leicht bekleideten, aparten Schönheit auch ebenso gut genießen.

Sie lehnte sich an die Wand, streckte die Hände aus und begutachtete ihre Fingernägel, die die gleiche knallrote Farbe hatten wie ihre Fußnägel. »Dieser Chanel-Lack taugt doch nichts. Ist total ungleichmäßig geworden! Und dafür bezahlen die Leute ein halbes Vermögen!«

»Bei LaRouge erzählen sie den Kunden auch immer sonst was und benutzen irgendwelche Standardprodukte der Konkurrenz. Das ist in der Branche halt so.«

Sie ließ die Hände sinken und sah mich fragend an. »Aber was ist denn mit eurer tollen Supercreme, die jetzt auf den Markt kommt? Mit irgendwas aus der Tiefsee oder so …«

Ich zuckte mit den Schultern. »Behaupten die zumindest. Tiefseemineralien. Ich hatte das Zeug ja schon auf dem Tisch und konnte keine besonderen Wirkstoffe feststellen.«

»Irgendetwas Besonderes wird da schon drin sein«, sagte Isabel bestimmt. »Sonst würden die ja nicht so ein Spektakel machen.«

Sie verschloss die Bodylotion, die neben ihrem Whiskyglas stand, und verrieb einen Rest Creme auf ihrem Handrücken. »Du hast immer noch nichts davon mitgebracht.« Ihr Ton wurde schnippisch. »Letzte Woche hieß es noch, das wär kein Problem.«

»Letzte Woche wusste ich ja auch noch nicht so genau, wie das da läuft. Das ist nicht so einfach, Isabel.«

»Bitte, bitte, bitte.« Sie schenkte mir einen Dackelblick, bei dem mir heiß und kalt wurde. Sofort hätte ich eine ganze Kiste LaSea mitgehen lassen. Nur leider ging das jetzt nicht mehr. Ich musste sie endlich von dieser Idee abbringen. »Wenn die mich erwischen, bin ich meinen Job los. Da sitzen tausend Leute um mich rum.«

Isabel pulte am Etikett der Bodylotion. »Schade.« Mit ihren roten Fingernägeln riss sie kleine Papierfetzen von der Plastikflasche und schnipste sie über den Tisch. Als sie aufsah, war ihr Blick seltsam abwesend. War sie sauer, dass ich ihr die Creme nicht besorgen wollte? Oder war sie in Gedanken längst woanders?

Unvermittelt schob sie die Bodylotion zur Seite und hob ihr Glas.

»Auf ex«, sagte sie und kippte den Whisky hinunter. Es war mir ein Rätsel, wie Isabel das herbe Zeug so schnell trinken konnte, aber ich tat es ihr gleich. Ich schüttelte den Kopf und spürte, wie mir Tränen in die zusammengekniffenen Augen schossen.

Als ich das Glas absetzte, füllte Isabel es erneut.

»Nur noch einen kleinen, man sitzt ja nicht alle Tage mit einem so adrett gekleideten jungen Mann zusammen.« Isabel sah mich über den Rand ihres Glases lange an. In Zeitlupe senkte sie ihre grau-schwarz geschminkten Augenlider und nippte zaghaft an ihrem Glas.

In dem Moment brummte etwas. Isabel griff nach ihrem Handy, das neben ihr im Regal vibrierte. Als sie die Nachricht gelesen hatte, sah sie mich betrübt an.

»Alles okay?«

Sie seufzte und verdrehte die Augen. »Dieser eine Typ, mit dem ich mal was hatte, lässt einfach nicht locker. Er schreibt, er könne ohne mich nicht mehr leben und dass ohne mich alles keinen Sinn mache.«

»Ganz schön pathetisch.«

Sie nickte. »Es ist immer das Gleiche. Da will man für eine Nacht seinen Spaß und danach kein Wort mehr darüber verlieren, und dann wird man die Typen nicht mehr los. Muss man denn immer gleich 'ne Beziehung anfangen?«

Ich schüttelte den Kopf und wollte den Unbekannten schnell aus unserer Zweisamkeit verbannen. »Sag ihm das doch mal genau so.«

»Okay«, sagte sie, und knabberte leicht auf ihrem Zeigefinger. »Auf deine Verantwortung.«

Während sie mit schnellen Fingern die Nachricht tippte, starrte ich auf die weiße, ebenmäßige Haut ihres Dekolletés. Mir fiel auf, dass der Raum völlig überheizt sein musste, und ich zog mein Jackett aus. Anscheinend war ich doch nicht so beherrscht, wie ich es Pit gegenüber behauptet hatte. Aber so, wie es aussah, war das vielleicht ganz in Isabels Sinne.

Ich schenkte mir schnell noch einen großen Whisky ein, der diesmal salzig und ölig schmeckte.

Als ich das Glas absetzte, traf mich die Wirkung des Alkohols mit voller Wucht. Ich hob meine Ellenbogen auf den Tisch und hielt meinen Kopf mit den Händen. Mein Blickfeld schrumpfte zusammen, und die Gegenstände um mich herum gerieten plötzlich in Bewegung. Über den tanzenden Gläsern glitt Isabels Hand durch die Luft auf mich zu und legte sich auf meinen Arm. Ich war fast überrascht, ihre Berührung tatsächlich zu spüren. Sie fuhr mit dem Zeigefinger an meinem Arm entlang und drückte den roten Fingernagel leicht in meine Haut. Ich konnte mich nicht bewegen und starrte auf ihren geöffneten Mund. Dann beugte sie sich zu mir über den Tisch. Ich verstand kein Wort mehr von dem, was sie mir zuflüsterte, weil der Ausschnitt ihres Morgenmantels nun den Blick auf jedes Detail ihres Körpers zwischen Kinn und Bauchnabel freigab. Es musste tatsächlich so etwas gewesen sein wie »Zieh dich aus, und komm mit rüber«, denn sie stand auf, ging zur Tür und ließ im Türrahmen den Satinmantel ein Stück von ihren Schultern hinuntergleiten, sodass ich erneut ihren Brustansatz sah. Dann war sie verschwunden.

Ich spürte, wie meine neue Hose im Schoß spannte und stand auf. Ich musste mich kurz an der Wand abstützen, dann folgte ich ihr.

Im Flur zog ich hastig mein T-Shirt aus und war gerade dabei, meine Gürtelschnalle zu öffnen, als ich von einem gleißenden Licht geblendet wurde.

Ich kniff die Augen zusammen. Als ich sie blinzelnd wieder öffnete, stand Isabel am anderen Ende des Flurs und sah mich kühl an. Sie hatte ihren Morgenmantel wieder bis zum Hals geschlossen und hielt eine Polaroidkamera in der Hand, aus der sie ein Foto zog.

»Bist bestimmt gut getroffen.«

Jetzt erst begriff ich, was vor sich ging. Wütend machte ich meine Hose wieder zu und stolperte auf Isabel zu. »Du hast mich verarscht!«

Sie wedelte mit dem Foto in der Luft und sah mich ausdruckslos an.

»Ach, und du nicht, oder was? Machst hier die ganze

Zeit auf schwul und willst dann bei der erstbesten Gelegenheit mit mir ins Bett, ja?« Ihre Stirn legte sich in Falten. »Wie armselig, Till! Aber ich hab dir das von Anfang an nicht abgekauft, und jetzt gibt's ja auch einen Beweis!«

Mir wurde kalt. Mit einem Mal konnte ich wieder klar denken und realisierte, was ich Hornochse gerade verzapft hatte.

»Isabel …«

»Was?«

Ich stand da und blickte ins Leere. Ja, was? Was konnte ich tun, was sagen, um das Heruntersausen des Damoklesschwertes über meinem Kopf noch zu verhindern? Wenn Marion von meiner Lüge erfuhr, konnte ich sofort meine Koffer packen. Falls sie mir dafür noch die Zeit ließ. Damit wäre ich obdachlos.

Plötzlich tauchte Tessas Gesicht vor mir auf. Ihr Strahlen, wenn sie mir eines ihrer Bilder zeigte, ihre geröteten Wangen, wenn sie vom Joggen zurückkam, die Art, wie sie unsicher auf ihren Lippen herumkaute, ihr leerer Blick, wenn sie von meiner Lüge erfuhr und davon, dass ich fast mit Isabel in die Kiste gesprungen wäre. Sie war die einzig Normale in dieser Irrenanstalt, die Einzige, bei der es mir nicht egal war, wie sie sich fühlte. Und obwohl ich das im Grunde schon vor dem ersten Glas Whisky gewusst hatte, traf mich dieser Gedanke jetzt wie ein Schlag.

Ich zuckte zusammen und lehnte mich schlaff an die Wand. Könnte ich doch wieder zehn Jahre alt sein, mich nach einem dummen Lausbubenstreich in eine Ecke stellen, bis die Welt mir verziehen hatte. Stattdessen war ich dazu verdammt, wie ein erwachsener Mann zu handeln.

»Isabel, können wir uns nicht irgendwie einigen?«

Sie sah mich mit großen Augen an.

So funktionierte es wohl nicht.

»Was hätte ich denn tun sollen?«

Isabel kratzte sich mit dem Finger am Kopf und sah an die Decke. »Hm, mal überlegen …« Abrupt sah sie mich an. »Nicht mit mir ins Bett gehen vielleicht?«

»Bin ich doch gar nicht!«

»Wärst du aber!«

Ich füllte meine Lunge bis zum Anschlag und stieß die Luft wieder aus. »Ich meine die Sache mit dem Schwulsein. Ich brauchte ganz dringend eine Bleibe. Hätte ich auf der Straße übernachten sollen? Meine Freundin hat mich rausgeschmissen, weil sie mit ihrem Chef durchgebrannt ist. Und bei meinem Kumpel konnte ich auch nicht mehr bleiben.«

»Rührend«, sagte Isabel, »geradezu herzzerreißend!«

Ich sah sie flehend an. »Komm, ich hab mir so große Mühe gegeben. Dauernd für euch eingekauft und gekocht …«

»Und uns alle angelogen! Die ganze Zeit!«

Ich verstummte.

Isabel sah auf das Foto in ihrer Hand. »Du weißt, was passiert, wenn Marion und Tessa davon erfahren.«

Ihr strafender Blick bohrte sich in meinen gesenkten Kopf. »Wenn Marion dich nicht sofort zu deiner Speziallasagne verarbeitet, werfen die dich im hohen Bogen raus! So ein Zimmer wie hier kriegst du nie wieder. Wahrscheinlich kriegst du überhaupt kein Zimmer, so wie es im Moment in Hamburg aussieht. Aber was soll's, es gibt ja genug Brücken in der Stadt …«

»Worauf willst du hinaus, Isabel?« Ich hob den Kopf.

»Ich sage ihnen nichts, wenn du mir diese Wundercreme besorgst.«

»Was?«

»Jetzt tu nicht so! Ich will LaSea! Und zwar bis morgen! Ist mir egal, wie du das anstellst, oder ob du gefeuert wirst. Du hast die Wahl.«

Ich nickte. Ich hatte zwar keinen Zugang mehr zur Quelle, aber ich hatte glücklicherweise ja eine Dose mitgehen lassen. Die war eigentlich für Constanze gedacht gewesen, aber da musste Pit jetzt einfach mal zurückstecken. Er würde mir schon nicht den Kopf abreißen. Ganz im Gegensatz zu meinen Mitbewohnerinnen, wenn sie die Wahrheit über mich erfuhren.

»Und …«, Isabel grinste, »… ich will, dass du mich massierst, mir die Füße badest und mir den Rücken schröpfst. Und zwar immer, wenn ich es dir sage.«

Ich schluckte. »*Was* soll ich machen?«

»Mir den Rücken schröpfen. Das ist gut gegen Migräne, und ich kann es ja schlecht selber machen.«

Ich hatte keine Ahnung, wovon sie redete, nickte aber vorsichtshalber.

»Und eines sag ich dir, Till. Streng dich bloß an, sonst muss ich mal einen Fotoabend mit den Mädels machen.« Mit diesen Worten ging sie in ihr Zimmer und knallte die Tür zu.

SECHZEHN

Ich saß auf meinem Bett und versuchte, mich trotz der einsetzenden Kopfschmerzen auf die Geräusche im Flur zu konzentrieren. Die Wohnungstür ging auf, wurde zugeschlagen, das Stampfen einer trächtigen Elefantenkuh ertönte. Marion. Kurze Zeit später öffnete sich die Tür erneut, wurde geschlossen, beides in normaler Lautstärke und Dynamik. Tessa.

Ich starrte auf den schwarzen Bildschirm meines Laptops und wartete. Alles blieb ruhig. Wie es aussah, hielt sich Isabel an unseren Deal.

Schließlich bewegte ich den Finger auf dem Touchpad des Laptops und sah auf die Internetseite, die ich schon vor einer halben Stunde geöffnet hatte. Sie war das erste Ergebnis meiner Suche nach »Schnell Geld verdienen Hamburg«, das keine unkomplizierten Blitzkredite versprach. Ich versuchte, mich auf die Kleinanzeigen zu konzentrieren, während ich weiter auf die Geräusche in den anderen Zimmern lauschte. Jemand machte leise Musik an, die Klospülung wurde betätigt. Ich schien vorerst nichts zu befürchten zu haben.

Ich scrollte die Seite runter und las alles, was mit Geldscheinen bebildert war. Die Auswahl war mager. Vertreterjobs für Strom und Staubsauger fielen aus, weil sie nicht sofort Geld abwarfen, ein Plakatierjob ebenso, weil ich kein Auto hatte. Ein Modeljob kam auch nicht infrage, weil ich nicht weiblich, unter 18 und kameraverliebt war. Der letzte

Eintrag war ein Promotionjob bei »OFC«, Sofortverdienst: 100 Euro am Tag. Wenn sie mich nahmen, konnte ich bis Samstag noch glatte 200 Euro machen. Das dürfte zumindest für die Einkäufe reichen.

Ohne zu zögern, wählte ich die angegebene Telefonnummer und bot meine Dienste an. Ob ich gut mit Menschen könne und kein Problem damit habe, Passanten anzusprechen. Ich beteuerte der älteren Männerstimme meine soziale Kompetenz und fragte, zu welcher Branche OFC gehörte. Gastronomie. Perfekt. Vielleicht führte der Job ja in die Richtung, die ich sowieso einschlagen wollte. Am Ende unseres Telefonats wollte der Mann noch wissen, wie groß ich sei. Eins neunundsiebzig. Gute Größe. Morgen solle ich dann um sieben Uhr in der Hamburger Straße 28 sein. Sieben Uhr auf der anderen Alsterseite? Das hieß, ich musste mitten in der Nacht aufstehen. Egal. Ich rätselte, warum er nicht nach Qualifikationen fragte und was meine Größe für eine Rolle spielte, aber da mir keine Kameraverliebtheit abverlangt wurde, sagte ich zu und hatte den Job.

Wenn der Typ kein Betrüger war, war ich fürs Erste gerettet. Hoffnungsvoll ließ ich mich in die Kissen sinken.

Plötzlich klopfte es an die Tür.

»Ja?«

Es war Tessa. Ich setzte mich im Bett auf, sah sie unsicher an.

»Alles okay?«

Ich sah weg und rang mir ein Lächeln ab. »Ja, alles gut, ich hab nur gerade geträumt.«

Sie legte ihre Hand auf die Türklinke und neigte den Kopf an die halb geöffnete Tür. »Wir essen jetzt was, kommst du auch?«

Ich fuhr mit dem Finger über den Rand des Laptops.

Wenn Isabel es ihnen sagen wollte, war ich ohnehin nirgends sicher. Außerdem musste ich endlich mal was trinken und Nahrung zu mir nehmen.

»Ja, gern.« Ich stellte den Laptop weg und folgte ihr.

In der Küche saßen Isabel und Marion über den Schüsseln mit den Essensresten und löffelten die kühlschrankkalten Speisen.

»Hi«, sagte ich bemüht normal und füllte mir am Wasserhahn ein Glas mit Wasser.

»Hallo«, sagte Marion knapp und kaute weiter, ohne den Mund zu schließen. Isabel sah Marion angeekelt an und ignorierte meine Anwesenheit.

Tessa füllte sich etwas Kartoffel-Carpaccio auf einen Teller und stellte ihn in die Mikrowelle. »Ich mach mir meine Portion warm. Magst du auch?«, fragte sie mich.

»Nicht nötig, danke«, sagte ich, und Tessa reichte mir den Teller, den sie für mich bereitet hatte.

Isabel sah mich an und leckte grinsend ihre Gabel ab. Dann spitzte sie stumm die Lippen zu einem Kuss.

Mir wurde klar, dass sie mich meine aussichtlose Lage unentwegt spüren lassen würde. Und mit welcher Genugtuung sie dieses Spiel spielte! Sie hatte mich in einen Hinterhalt gelockt und benutzte mich nun für ihre Zwecke. Wie einfach war es da doch zwischen Männern. Mit einem Mann hätte man sich kurz geprügelt, hätte ein bisschen geblutet und gehinkt, und dann wäre die Sache aus der Welt gewesen. Bei Frauen hingegen verjährte nichts.

Ich überlegte, ob ich Isabel zurückerpressen konnte. Ich könnte damit drohen, sie beim Klauen auffliegen zu lassen oder alle Nummern zu löschen, nachdem ich ihr Handy gestohlen hatte … was sie beides sehr wahrscheinlich nicht davon abhalten würde, mich trotzdem zu verraten.

»Hmm … das schmeckt auch aufgewärmt superlecker. Bin schon gespannt, was du am Samstag zauberst!« Tessa legte ihre Gabel ab, nahm sich Salat und träufelte etwas Vinaigrette darüber. »Till am Grill, das wird ein Riesending!«, sagte sie voller Vorfreude.

»Kannst dich freuen, dass ich so viele Kerle eingeladen habe«, stichelte Isabel. »Da ist dann bestimmt auch mal was für dich dabei, *Till am Grill* …«

Wenn hier jemand grillte, war es Isabel – und zwar mich. Ich fixierte die Flüssigkeit in meinem Glas und hielt reglos meinen Teller Carpaccio fest.

»Jetzt sei doch nicht so schüchtern«, sagte Isabel, »so, wie das vorhin klang, stehst du doch auf Abenteuer.«

Ich kippte mein Glas in meine trockene Kehle und begegnete Isabels belustigtem Blick.

»Hä?«, fragte Marion.

»Traut man ihm gar nicht zu, oder?« Isabel schloss die Augen zu Schlitzen. »Aber bei *den* Bettgeschichten, die er mir vorhin erzählt hat, bin selbst ich blass geworden.«

Tessa sah mich zweifelnd an. »Wirklich?«

Ich öffnete den Mund, aber noch bevor ich etwas sagen konnte, hatte Isabel schon wieder das Wort ergriffen. »Ja, wir haben uns vorhin nett unterhalten«, sie deutete auf die halb leere Whiskyflasche, die nun auf der Fensterbank neben dem Regel-Wälzer stand, »und uns ein kleines feines Tröpfchen genehmigt. Was Till alles so von sich preisgibt, wenn er getrunken hat … Mädels, ihr würdet euch wundern!«

»Das will ich gar nicht so genau wissen, danke«, sagte Tessa ausdruckslos. Sie stellte ihren Teller in die Spülmaschine und verließ die Küche.

Marion schmatzte. »Ich auch nicht.«

Für einen Moment blieb ich sitzen, dann stand ich auf und folgte Tessa.

»He, Till, vergiss nicht, dass du versprochen hast, nachher noch die Küche zu putzen!«, schallte es mir nach.

Als ich an Tessas Zimmertür klopfe, wusste ich nicht, was ich ihr sagen sollte. Ich wusste nur, dass wir reden mussten.

»Tessa?«

Sie antwortete nicht.

»Kann ich kurz reinkommen?«

Stille. Langsam schob ich die Tür auf und spähte ins Zimmer. Mein Blick blieb an ihrem Schreibtisch hängen. Der große Blumenstrauß von Marion war verwelkt, die Tischplatte übersät mit verschrumpelten Blütenblättern. Darunter lag eine großformatige Zeichnung. Zögerlich ging ich zum Tisch und wischte die Blüten beiseite.

Tessas Bildertagebuch. Ich wusste, dass ich lieber das Zimmer verlassen und hier nicht rumschnüffeln sollte, konnte mich der Ausdrucksstärke und der liebevollen Präzision, mit der Tessa Gesichter und winzige Details zeichnete, aber nicht entziehen. Eine gescheckte Katze saß auf der Dachterrasse und sah neugierig zu einem Vogel am Himmel. Tessa hockte auf ihrem Bett und starrte mit weit aufgerissenen Augen auf einen Hundertfüßer an der Wand, den ich deutlich kleiner in Erinnerung hatte. Im nächsten Bild spielte Andrew mit den Fransen seines Schals, während in der Denkblase über seinem Kopf ein Cabrio schwebte. Die Umsitzenden lachten, und auch Tessa schmunzelte. Dann hockten Tessa, Isabel und ich in der Wärmflaschenhalte-Position auf dem Sofa und starrten mit flehenden Gesichtern auf den Fernseher. Das letzte Bild war etwas größer als die anderen. Es zeigte mich mit meinem neuen Kurzhaarschnitt und einem leicht verlegenen Lächeln. An der Mundpartie hatte sie mehrfach herumradiert, mich dann aber doch so getroffen, als ob sie mich schon seit Jahren kannte.

Ich schloss kurz die Augen und legte mir eine Hand auf die Stirn. Ich fühlte ein Stechen im Kopf, als bohrten sich spitze Nadeln in mein Gehirn und hielten all die Regionen zusammen, die ich heute Nachmittag sämtlich ausgeschaltet hatte.

Ich fand Tessa auf der Dachterrasse.

Sie saß auf der blauen Holzbank und spielte mit einem kleinen Stock an der Hundertfüßer-Vase. Langsam ging ich auf sie zu. »Geht's ihm gut?«

Ich betrachtete das unruhige Tier in seinem gläsernen Gefängnis. Tessa hatte ihm seine Behausung mit ein paar kleinen Kieseln und etwas Moos dekoriert und den Stein auf dem Vasenrand durch ein Küchensieb ersetzt.

»Weiß nicht«, sagte sie abwesend.

»Wie läuft's mit der Arbeit?«

»Gut.«

»Woran arbeitest du denn gerade?«

Endlich sah sie mich an. »Till, was willst du? Du merkst doch, dass ich schlechte Laune habe.«

Ich setzte mich zu ihr auf die Bank.

Sie bewegte sich nicht.

»Ich wollte dir nur sagen«, begann ich zögerlich, »dass das mit den vielen Bettgeschichten nicht stimmt.«

»Aha. Und warum sollte mich das interessieren?«

»Ich weiß nicht, ich dachte …«

»Wenn das nicht stimmt, warum hast du dann eben nicht widersprochen?«

»Ich … ich weiß auch nicht. Isabel hat alles verdreht.

Ich vertrag eigentlich keinen Whisky. Sie hat mich vielleicht einfach ein bisschen provozieren wollen, weil ihr langweilig war oder so. Du weißt doch, wie sie manchmal ist …«

Tessa zuckte mit den Schultern. »Ja, ich weiß … Aber warum du dir mitten am Tag so hochprozentiges Zeug reinkippst, versteh ich nicht. Bist du immer noch so unzufrieden mit deiner Arbeit?«

Ich nickte. »Im Moment ist es wirklich schwierig. Ich werd mich wohl nach was Neuem umsehen.«

»Ist ja doof«, sagte sie leise. Langsam schien ich ihre Mauer zu durchbrechen.

»Nicht so schlimm, das wird schon wieder. Jedenfalls wollte ich dir sagen, dass ich eigentlich nicht der sprunghafte Typ bin.«

Sie nickte leicht. »Okay. Ehrlich gesagt, hätte ich das auch nicht von dir gedacht. Du wirkst einfach ganz anders.« Jetzt lächelte sie. »Was mich angeht, habe ich mit meiner Treue nie besonders viel Erfolg gehabt. Wenn das so weitergeht, wird es für mich wohl schwierig.«

»Für dich? Niemals!«, sagte ich laut. Es tat gut, zur Abwechslung mal die Wahrheit zu sagen.

Tessa lächelte matt. »Doch, ich gerate immer an die Falschen. Entweder sind sie langweilig oder wollen nur mit mir ins Bett, oder sie sind vergeben – oder schwul …«

Wir sahen uns an und gleich wieder weg. Tessa zog ihre Unterlippe zwischen die Zähne und knabberte darauf herum.

Das war der Moment. Es gab keinen besseren Zeitpunkt, um ihr meine Lüge zu beichten, alles zu erzählen und auf eine zweite Chance zu hoffen.

»Tessa …«

»Oder sie verheimlichen einem eben, dass sie auch noch mit 'ner anderen schlafen.« Sie stieß wieder mit dem Stock gegen die Vase. »Sieben Jahre waren wir zusammen, Dominik und ich. Wir kannten uns schon seit der Schule.«

Ich schwieg.

»Und dann sagt er auf einmal, wir hätten uns auseinandergelebt und müssten beide noch mal was Neues ausprobieren. Ich verstand die Welt nicht mehr. Nachher kam raus, dass eine Freundin ihn mit 'ner anderen gesehen hatte, die er die ganze Zeit nebenbei gefickt hat. So ein mieses Arschloch!«

Tessa stieß den Stock heftig gegen die Vase, und das Gefäß kippte um.

Schnell sprang ich auf, aber zu spät, das Küchensieb war abgefallen, der Hundertfüßer entkam und schlängelte sich über die Holzbohlen, bis er die Steinkante unter dem Geländer erreichte und verschwand.

»Mist!« Tessa zog ihre Beine auf die Bank, während ich zum Geländer lief und hinuntersah.

»Ist er da noch irgendwo?«, fragte sie, als ich zu ihr zurückkam.

»Nein, der ist weg.«

»O Mann, ich weiß nicht mal, ob der hier überhaupt heimisch ist.« Traurig sah sie zur Brüstung. »Ich hab echt überlegt, den zum Tierpark oder in eine Tierhandlung zu bringen. Hätt ich's mal gemacht.«

Im Gegensatz zu Tessa war mir der Hundertfüßer gerade reichlich egal. Zumal ich bezweifelte, dass sie im Tierpark ihr bestes Terrarium für unseren Freund geräumt hätten. »Mach dir keine Gedanken, das ist ein zäher Bursche, dem geht's bestimmt gut am Elbufer.«

»Meinst du?«

»Ganz bestimmt!«

»Ich weiß nicht …«, sie ließ ihre Beine auf den Boden

zurückgleiten. »Ich hab irgendwie kein Glück mit Tieren. Mikesch ist ja auch weggelaufen.«

»Mikesch?«

»Mein Kater. Ich war vor ein paar Wochen bei meinen Eltern in Wiesbaden. Meine Mutter hat eine Katzenhaarallergie, deswegen kann ich ihn da nie mit hinnehmen. Marion sollte auf ihn aufpassen, hat aber die Wohnungstür aufgelassen, und da war er dann plötzlich weg.«

»Aber dann ist es doch nicht deine Schuld.«

»Aber weg ist er trotzdem.«

»Hat dir Marion deswegen den großen Strauß Blumen geschenkt?«

Tessa nickte.

»Vielleicht kommt er ja wieder, Katzen laufen doch öfter mal weg und kommen dann zurück, oder?«

»Auch noch nach vier Wochen?« Tessa schüttelte den Kopf. »Marion und ich haben überall Zettel aufgehängt, haben die Tierheime abgeklappert. Nichts.«

»O Mann, das tut mir leid.«

Ich sah sie lange von der Seite an und wusste nicht, was ich noch sagen sollte. »Und auch die Sache mit deinem Ex«, begann ich schließlich, »wie mies der dich behandelt hat.«

Tessa winkte ab. »Egal, das ist passé. Und wer weiß, vielleicht war das auch besser so. Der Richtige muss jedenfalls erst noch kommen. Sag mal, hast du für Samstag eigentlich auch Freunde eingeladen? Vielleicht ist da ja einer für mich dabei.«

Überrascht drehte ich mich zu ihr, öffnete den Mund und schloss ihn wieder.

SIEBZEHN

Mitten in der Nacht stand Isabel an meinem Bett und wollte geschröpft werden. Unsanft rüttelte sie an meiner Schulter und zog mir mit einem Ruck die Decke weg. Erschrocken blinzelte ich ins helle Licht der Lampe und sah auf die Uhr.

»Es ist halb drei. Kann das nicht bis morgen warten?« Ungeduldig trat sie von einem Bein aufs andere. Ohne Schminke sah sie blass und jungenhaft aus.

»Nein, kann es nicht. Ich kann mir nun mal nicht aussuchen, wann ich einen Migräneanfall bekomme. In fünf Minuten in meinem Zimmer.« Damit war sie verschwunden.

Ich hatte keine Wahl. Da sie sich bis auf kleine Seitenhiebe an unsere Abmachung gehalten hatte, musste ich gehorchen.

Ich rappelte mich hoch, stellte die Füße auf den kalten Boden und stand auf. Wankend zog ich mein T-Shirt an und schlurfte in Isabels Zimmer.

Mit nacktem Oberkörper lag sie bäuchlings auf dem Bett. Auf ihrem Nachttisch brannte eine Kerze. Ansonsten gab es nur das Licht einer kleinen Stehlampe, die in einer Zimmerecke stand.

Schlagartig war ich wach. »Was soll das denn schon wieder?«, zischte ich leise.

»Nicht das, was du dir wünschst«, nuschelte Isabel in ihr Kissen. »Komm rein, und mach die Tür zu, sonst hab ich gleich auch noch einen steifen Nacken.«

Entnervt schloss ich die Tür und trat an ihr Bett. »Und was jetzt?«

»Da in der Kiste auf dem Stuhl sind die Sauggläser.«

»Die was? Ich mache hier keine sadistischen Spielchen mit dir!«

»Jetzt komm mal runter, ich mach das nicht zum Spaß.«

Ach nein? Mühsam verkniff ich mir einen weiteren Kommentar und holte die Kiste. Ich setzte mich auf die Bettkante und nahm ein tennisballförmiges Glas mit einer vasenartigen Öffnung aus der Box. »Was ist das denn?«

»Ein Schröpfglas, Mann! Du musst die Kerzenflamme kurz ins Glas führen und das Glas dann ganz schnell auf meinen Rücken setzen.«

»Und weshalb?«

»Das Glas saugt sich dann an der Haut fest und befreit mich von meinen Kopfschmerzen. Jetzt mach schon.«

Ich verstand. Wozu auch eine Aspirin nehmen, wenn man sich ebenso gut von seinem Leibeigenen heiße Glasbälle auf den Rücken setzen lassen konnte.

Isabel hob den Arm und fasste sich an den Nacken. »Hier müssen die hin, schön dicht beieinander.«

Ich nahm den Messingleuchter und überprüfte den Sitz der Kerze.

»Worauf wartest du denn? Mein Kopf explodiert gleich!«

»Dann nimm doch ’ne Aspirin.« Ich bereute die Bemerkung sofort.

Erbost richtete sich Isabel auf, wobei sie sich den schwarzen Morgenmantel vor die Brust hielt.

»Noch eine dumme Bemerkung, und ich rufe Marion und Tessa!«

»Okay, okay, ich mach ja schon.«

Ich nahm ein Glas, führte die Kerze hinein, drehte es um

und setzte es mit der Öffnung nach unten auf Isabels Nacken. Es hielt nicht und rollte den Rücken runter.

»Geht nicht!«

»Du musst das viel schneller machen, na los!«

Ich hielt den Leuchter dichter über ihren Rücken und wiederholte den Vorgang. Nach drei Versuchen saugte sich das Glas endlich fest. Isabel kniff die Augen zusammen und verzog das Gesicht. Leicht angewidert beobachtete ich, wie sich die Haut im Glas zu einer Halbkugel aufrichtete und rot wurde.

Nach einer halben Stunde war die Kiste leer.

»Alle dran!«

Isabel hob den Kopf und drehte ihr Gesicht weg. »Kurz warten, abnehmen und an den freien Stellen noch mal ansetzen.«

Ich sah mich um und bemerkte, dass ich zum ersten Mal in ihrem Zimmer war. Wie zu erwarten bestand die Einrichtung bis auf einen kleinen Tisch mit Marmorplatte aus schwarzen Holzmöbeln. Dunkelgrüne Samtvorhänge waren vor das Fenster gezogen, auf dem Boden lag ein helles Tierfell, das erschreckend echt aussah.

An einer Wand stand ein hohes Holzregal, in dem für eine Germanistikstudentin erstaunlich wenige Bücher standen. Stattdessen war es mit Unmengen von Beautyprodukten, Tuben und Döschen in unterschiedlichsten Größen und Formen gefüllt, viele davon noch originalverpackt. Ein Regalbrett war komplett mit Kerzenleuchtern gefüllt, auf einem anderen standen eine Shisha und mehrere Schmuckkästchen. Als ich in einem Regalfach ein rötliches Schimmern sah, stutzte ich: War das nicht mein Muranoglas-Aschenbecher, den ich schon seit Tagen nicht mehr gesehen hatte?

»Sag mal, ist das mein Aschenbecher da im Regal?«

Isabel brummte. »Sieh's als Schweigegeld.«

»Den hast du dir einfach genommen?«

»Mann, Till, ist doch halb so wild, dann nimm ihn halt wieder zurück, ich besorg mir einen anderen.«

Ich sagte nichts und begann, die Weihnachtsbaumkugeln von ihrem Rücken zu sammeln.

Nachdem ich die Prozedur wiederholt hatte, waren Isabels Nacken und Rücken mit kreisrunden Blutergüssen übersät.

»Und jetzt? Hat's was gebracht?«

Sie lag unbewegt da und hielt die Augen geschlossen. Unter ihrem leicht geöffneten Mund war der Kissenbezug nass. »Jetzt muss ich schlafen, danke. Und denk morgen an die Creme.«

Ich stand auf, nahm meinen Aschenbecher aus dem Regal und sah zu, dass ich aus dem Zimmer kam.

In den zwei Stunden, die von der Nacht noch übrig waren, lag ich wach im Bett, während das Licht im Zimmer langsam heller und die Vögel in den Bäumen lauter wurden.

»Johannes Böttner, freut mich!« Ein kleiner Mittfünfziger mit schütterem Haar watete durch ein Luftballon-Meer auf mich zu.

Ich ergriff seine ausgestreckte Hand und schüttelte sie kräftig. »Till Gericke, hallo.«

»Willkommen bei Organic Fried Chicken.«

Ich nickte stumm. War ich also doch in einem Burgerladen gelandet. Müde kickte ich einen der gelben Luftballons, die durch den Laden schwebten, zur Seite. »Ist heute Eröffnung?«

»Morgen.« Böttner strahlte. »Hamburgs erstes Biohühnchen-Fast-Food-Restaurant!«

Moralisch vertretbares Fast Food. Wahrscheinlich eine geniale Geschäftsidee. Schade, dass es nicht meine war. »Und was soll ich machen?«

»Erst mal kannst du da hinten im Personalraum deine Sachen ablegen und mir mit der Deko helfen. Und dann würde ich dich noch ein bisschen auf die Straße schicken, um Flyer zu verteilen. Wenn du die alle losgeworden bist, bekommst du 100 Euro cash auf die Hand.«

»Okay, super.«

Ich ließ meinen Blick durch den hellen, großen Vorraum schweifen. Die frisch geweißten Wände waren mit Bildern üppig begrünter Landschaften behängt, vor der Fensterfront reihten sich pastellgelb gepolsterte Sitzboxen aneinander. Der Tresen war kleiner als bei anderen Burgerläden und erinnerte eher an ein American Diner. Alles war ruhig, die Leuchttafeln mit dem Menüangebot dunkel.

»Sind wir die Einzigen hier?«

»Ja, die anderen kommen erst morgen. Auf geht's!« Er drehte sich um und bedeutete mir, ihm zu folgen.

Als ich in den Personalraum trat, erlosch augenblicklich jeder Gedanke an sattgrüne Wiesen und Sonnenschein. Es roch muffig, Leuchtstoffröhren brummten, und der helle Linoleumboden unter meinen Füßen war vergilbt.

Ich folgte Böttner in einen fensterlosen Raum und legte meine Sachen ab. Widerwillig stülpte ich mein Jackett über einen Besenstiel.

»Hier, pack das doch mal als Erstes aus«, sagte Böttner und drückte mir einen großen Karton in die Arme.

Ich stellte ihn ab und zog lange gelbe Girlanden heraus.

Böttner rieb sich die Hände. »Deko fürs Restaurant, schmück da mal richtig aus! Und häng die Luftballons mit auf!«

Er sah auf seine Armbanduhr und verschwand in einem anderen Raum. Lustlos schlurfte ich mit den Girlanden zurück ins Restaurant und blickte auf den Teppich aus gelben Luftballons, die mit OFC-Logos bedruckt waren. Ich bückte mich und hob einen der Ballons auf. Ein Hahn mit spitzem Michael-Schumacher-Kinn grinste mich an und reckte einen daumenähnlichen Teil seines Flügels in die Höhe.

Dicht unter der Decke spannte sich eine lange Schnur quer durch den Raum. Ich knotete die Ballons an das Band und verschob dabei alle zwei Minuten meine Leiter. Die prallen Luftballonketten amerikanischer Festkultur kamen mir in den Sinn. Als ich endlich fertig war, erinnerte meine ungleichmäßig geknüpfte Kette zwar eher an die Folgen eines Hurrikans, aber das war ja auch irgendwie amerikanisch.

Danach spannte ich die Girlanden diagonal von Deckenecke zu Deckenecke und stellte zufrieden fest, dass die voluminösen Papierschlangen meine löchrige Ballonkette etwas kaschierten.

Ich fand Böttner in seinem Büro, einer weiteren staubigen, kleinen Kammer, in die man einen Schreibtisch, einen Metallschrank und ein Regal mit gelben Plastikartikeln gepfercht hatte. Als er mich bemerkte, klappte Böttner eilig eine Kassenbox mit Wechselgeld zu und legte sie in eine geöffnete Schrankschublade. Schnell schloss er den Schrank ab und steckte den Schlüssel in seine Hosentasche.

»Ich bin fertig. Was jetzt?«

»Jetzt kannst du noch was anderes auspacken.« Er stand auf und trat aus dem Zimmer. Ich folgte ihm durch den Flur zurück zum Abstellraum, wobei ich mich an einer langen Reihe von Papppaletten mit Eiern vorbeischlängeln musste. »Müssen die nicht in den Kühlraum?«

Böttner sagte nichts und drückte mir in der Kammer

einen großen Karton in die Hand. »Mach auf, ich bin schon ganz gespannt!«

Ich öffnete die Kiste und zog einen plüschigen Hühnerkopf von der Größe eines Medizinballs heraus. Es folgten ein gelbes, mit Schaumstoff gefüttertes Federkleid, flossenartige Stoffslipper mit Plastikkrallen-Besatz und schließlich eine gelb-weiß geringelte Strumpfhose.

»Geil!«, sagte Böttner und hielt den Hühnerkopf in die Höhe.

»Was ist das denn?«, fragte ich und hoffte, dass sich irgendwo eine Schaufensterpuppe befand, für die das Kostüm gedacht war.

Böttner lächelte und zwinkerte mir zu.

»O nein!« Ich stopfte Federkleid und Strumpfhose entschieden zurück in den Karton, als könnte ich mich damit retten. »Von so was war nie die Rede!«

»Hör mal, du hast zugesagt, hier Promotion zu machen, also stell dich jetzt nicht so an!«

»Ich dachte, ich soll Flyer verteilen!«

»Ja genau, und zwar als OFC-Hahn. Das ist mal ein echter Hingucker! Ich zahl dir doch nicht hundert Ocken, damit du Zettel in Briefkästen wirfst. Du sollst mit den Leuten schäkern, Kinder bespaßen, die Kunden direkt abholen!«

»Aber es ist doch viel zu warm. Ich schwitz mich ja tot in dem Ding!«

»Wirst es schon überleben. Wenn du die Kohle haben willst, rate ich dir, das Ding jetzt anzuziehen.«

Ich starrte auf den Hühnerkopf zu meinen Füßen. Ich musste es tun. Unter Böttners strengem Blick stieg ich schließlich langsam aus meiner Hose und dachte dabei an Tessas überwältigten Gesichtsausdruck, wenn sie am Samstag meine Grillspezialitäten probierte. Anschließend zog ich die Ringel-Strumpfhose an. Das Ding juckte an den Beinen und war außerdem zu eng. Ich streifte den Polsterring über, und Böttner zupfte die Federn zurecht. Zum Schluss stülpte ich mir die Stoffhaube mit Hahnenkamm und gelbem Plastikschnabel über.

»Sehr schön!«, sagte Böttner. Seine Stimme drang dumpf an meine Ohren. »Ich wusste doch, dass sich die Deluxe-Variante lohnen würde! Du hast genau die richtige Größe, sogar die Proportionen stimmen einigermaßen, siehst aus wie ein richtiger Hahn!«

Na toll! Nun hatte ich zu meiner Rolle als Hahn im Korb auch noch den passenden Look.

Böttner wedelte mit den Armen. »So, nun aber flott, raus auf die Straße, na los!« Abrupt hielt er inne. »Ach, warte, ein wichtiges Accessoire fehlt ja noch.«

Durch mein kleines, gelb gerahmtes Sichtfeld sah ich, wie Böttner einen weißen Karton mit Löchern ergriff und ihn ungelenk mit einem Cutter öffnete. Plötzlich drang ein Fiepen aus der Kiste, das erschreckend real klang.

Böttner zog ein flauschiges, kanariengelbes Küken aus der Schachtel. Das Tier wand sich in seiner Pranke und fiepte lauter.

Böttner drückte mir das Küken in die Hände und wischte sich die Finger an seiner Hose ab. »So, das ist dein Begleiter! Immer schön zum Streicheln anbieten. Die Kinder werden das lieben!«

»Hä?« Verdutzt sah ich auf den nervösen Fellball in meinen Händen. »Wenn die Leute das sehen, vergeht ihnen doch sofort der Appetit auf Chicken Burger!«

»Quatsch! Das Viech steht für artgerechte Haltung und gesunde, frische Ware. Und notfalls gibt's immer noch den ›Tofu-Classic‹.«

Er drehte sich um und trat auf den Flur. »Ich hole die Flyer. Tausend sollten erst mal reichen, oder?«

»Wenn das mal nicht knapp wird!«, rutschte es mir heraus. Böttner stutze kurz und sagte dann: »Stimmt, nimm mal besser zweitausend.« Damit verschwand er.

Ich hob das Küken vor die Augen und betrachtete es. »Na, wer bist du denn?« Ich öffnete leicht meine Hände. Es zog den Kopf ein und machte sich klein. Dann flatterte es wild mit seinen Stummelflügeln und drängte in den schattigen Teil der Handhöhle zurück.

»Mathilde vielleicht? Magst du so heißen?«

»So!« Böttner betrat schlurfend den Raum. »Hier sind die Flyer.« Er knallte mir eine prall gefüllte rote Umhängetasche vor die Füße, die einem Seesack glich. »Alles klar?«

Ich zögerte. »Herr Böttner, das mit Mathilde, also ich meine das Küken … das geht nicht bei der Hitze und den vielen Leuten.«

Böttner stemmte die Hände in die Hüften. »Papperlapapp. Alles geht. Das gehört zum Marketing! Jetzt kann ich es eh nicht mehr umtauschen«, keifte er.

»Umtauschen? Haben Sie Mathilde im Katalog ausgesucht? Auf der Seite mit den Ballons und Girlanden?«

Böttner schnaubte. »Beim Geflügelfabrikanten natürlich! Jetzt hör auf, blöde Fragen zu stellen, und mach dich an die Arbeit! Sonst gibt's keine Kohle, kapiert?«

Mathilde piepste in meiner Hand. »Sie hat bestimmt Durst«, sagte ich.

»Spielst du jetzt den Hühner-Papa, oder was?«

»Nein, aber im Gegensatz zu Ihnen sind mir andere Lebewesen nicht egal!«

Böttners Stimme bebte. »Das reicht! Entweder gehst du jetzt mit dem Küken raus, oder du kannst ganz gehen!«

Ich sah abwartend in Böttners rotes, grimmiges Gesicht.

Ich konnte Mathilde nicht diesem herzlosen Hühnerschlächter überlassen. Tessa wäre die Rettung dieser ausgelieferten kleinen Kreatur sicher auch wichtiger als eine opulente Partyverköstigung.

»Das mache ich nicht! Und Mathilde auch nicht!«, sagte ich bestimmt und zog meine gewölbten Hände mit dem zappeligen Flauschball im Innern dicht an mein Federkleid.

Böttner bäumte sich auf, bis seine ausgedünnte Haarpracht die Höhe meines Schnabels erreicht hatte. »Dann scher dich raus hier. Und gib das Küken her! Sofort, sonst ruf ich die Bullen!«

Es war nicht einfach, mit den Krallenflossen zu laufen. Unbeholfen watschelte ich einen Schritt auf Böttner zu. »Und was sagen Sie denen? Dass ein Mann, den Sie schwarz für seine Arbeit bezahlen, Sie an Tierquälerei hindern wollte?«

Böttner stand auf Zehenspitzen und reckte die Nase zu meinem Schnabel empor. »Du hältst dich wohl für einen ganz Schlauen! Der große Tierfreund und Weltverbesserer sein wollen – und dann für einen Fast-Food-Laden arbeiten!« Er holte Luft. »Die Branche funktioniert eben nicht so, wie Greenpeace sich das wünscht, sondern so, wie die Firmen am meisten Geld verdienen!«

Angewidert sah ich an dem untersetzten kleinen Mann herunter. »Sie sind wirklich armselig.«

»Wie bitte?«

In Sekundenschnelle hatte er seine Faust in meinen Bauch gerammt. Zum ersten Mal war ich dankbar für meinen Aufzug. Als Böttner merkte, dass mich seine Attacke einigermaßen unbeeindruckt ließ, stürzte er sich auf mich.

Völlig überrumpelt riss ich die Arme zum Schutz gegen

den Wahnsinnigen hoch. Mathilde piepte schrill, und aus dem Augenwinkel sah ich ein gelbes Knäuel durch die Luft segeln. Ich rangelte mit dem krebsrot angelaufenen Böttner, bis er mir einen heftigen Tritt gegen mein Schienbein verpasste.

»Au!« Ich stieß ihn weg und spürte einen dumpfen Schmerz. Böttner taumelte nach hinten und prallte an die Wand. Hastig sah ich mich um. Wo war Mathilde? Ich blickte auf den Boden. Unter Böttners Fuß ragte ein gelbes Federbüschel hervor, das sich langsam rot färbte.

Ich vergaß den Schmerz im Bein und stürmte brüllend auf Böttner zu: »Mörder!«

Dieser stieß sich von der Wand ab und rannte aus dem Abstellraum. Ich watschelte ihm nach, so schnell es mein massiger Körper und die großen Füße erlaubten. Als ich in den Flur stolperte, traf mich ein Gegenstand am Hühnerkopf. Böttner stand am anderen Ende des Gangs und bewarf mich mit Eiern! Ich hechtete zum Beginn der Palettenreihe, griff ein Ei und begann zurückzufeuern. Der erste Wurf traf ihn an der Brust, die Schale zersprang, und das Eigelb lief in Fäden seinen Bauch hinab. Eilig legte ich nach und musste dabei nicht mal besonders in Deckung gehen. Die Eier, die Böttner nach mir warf, prallten an meinen Federn ab und zersprangen auf dem Boden. Als ich kurz innehielt, um zu zielen, fand eines seiner Geschosse dann doch die Öffnung meines Schnabels. Kalter Glibber troff von meinen Augen auf die Nase und lief mir in den Mund.

Als ich durch einen Riss in der Schleimwand vor meinen Augen Böttners hämisch grinsende Fratze sah, nahm ich eine ganze Eierpalette und schleuderte sie ihm entgegen. Sofort lief ich hinterher und erreichte den überraschten Böttner, bevor er sich wieder berappelt hatte. Ich packte ihn an der Schulter, wich seinen fuchtelnden Händen aus und versetzte ihm einen schwungvollen Kinnhaken.

Böttner ging zu Boden. Ich schüttelte meine Hand und vermutete, dass ich einen Fingerknochen gebrochen hatte.

Als er sich wieder aufzurichten versuchte, wich ich zurück und hielt die Fäuste dicht vor die Schnabelöffnung. Böttner stand wankend auf, rutschte plötzlich weg und knallte der Länge nach auf den Boden. Erschrocken ließ ich die Hände sinken und beugte mich über meinen regungslosen Widersacher. Böttner lag in einer weiß-gelben Lache, Eierschalenstücke sprenkelten den Boden zwischen der Wand und seinem Hinterkopf. Ich wartete. Er rührte sich nicht. Ich kam näher und atmete erst wieder ein, als ich eine pulsierende Ader an seiner Schläfe entdeckte. Ich hielt meine Hand vor seine Nase und spürte warme Luft.

Zeit, zu verschwinden. Im Abstellraum mied ich jeden Blick auf den Boden und schickte in Gedanken ein Stoßgebet zum Hühnerhimmel. Ich nahm mein Jackett und war schon im Vorraum, als ich unvermittelt stehen blieb. Entschlossen drehte ich mich um, eilte mit hohen Schritten zum immer noch ohnmächtigen Böttner zurück und zog einen kleinen silbernen Schlüssel aus seiner rechten Hosentasche.

ACHTZEHN

Andrea scharrte mit ihren Absätzen auf dem Zellenboden. Sie stand auf und streckte die Arme in die Höhe. Gähnend setzte sie sich wieder zu mir auf die Bank.

»Und dann?«

Ich seufzte. »Dann bin ich weggerannt, hab das Geld einem Penner gegeben, bin geschnappt worden und hier gelandet.«

»O Mann. Dann steckst du ja im Moment ganz schön in der Scheiße, Süßer.«

»Kann man so sagen.«

»Hast du das denen hier so erzählt?«

»Bislang nicht«, sagte ich, »aber das werd ich wohl müssen, Böttner weiß ja, wer ich bin.«

»Erst mal abwarten. Solange die deine Identität nicht haben, können die gar nichts machen. Und wenn dieser Böttner nicht erscheint, müssen die dich nach zwölf Stunden eh erst mal wieder laufen lassen. Darfst halt nur nicht im Bestand sein.«

Ich sah sie ernst an und schüttelte den Kopf. »Bin ich nicht, ich habe noch nie was verbrochen.« Fieberhaft überlegte ich, ob das stimmte. Mit der Polizei hatte ich nie etwas zu tun gehabt, nur mit amerikanischen Grenzbeamten, als ich auf der Reise nach Brasilien einen Zwischenstopp in New York einlegen wollte. Natürlich hatten die meine Fingerabdrücke genommen, bevor sie mich passieren ließen. Hoffentlich würde mir das nun nicht zum Verhängnis werden.

»Wenn ich Tessa wäre, würde ich dir nicht verzeihen«, riss mich Andrea mit ihrer dunklen Stimme aus meinen Gedanken. Sie strich sich eine Strähne ihres langen blonden Kunsthaars aus dem Gesicht.

»Bist du aber zum Glück nicht.«

Ich lehnte mich an die Wand und starrte auf die weiß-gelben Streifen meiner Strumpfhose. Ich wusste nicht, weshalb ich ihr die Geschichte überhaupt erzählt hatte. Vielleicht hatte ich auf das gnädige Urteil eines Außenstehenden gehofft.

»Und was machst du jetzt?«

»Keine Ahnung.«

Eine Weile schwiegen wir. Um wenigstens nicht unhöflich zu erscheinen, fragte ich sie schließlich: »Und warum bist du hier?«

»Ach«, sagte Andrea betont belanglos, »ich habe einen Freier abgerippt.« Sie betrachtete ihre goldenen Fingernägel und pulte unter einem etwas Dreck hervor. »Eigentlich ein stinknormaler Blowjob, aber als er wollte, dass ich …«

Plötzlich ging die Zellentür auf. Der Dicke nickte mir zu. »Mitkommen!«

Schnell erhob ich mich und knickte sogleich ein, weil mein Bein eingeschlafen war. Ich humpelte auf den Beamten zu und warf noch einen kurzen Blick über die Schulter.

Andrea streckte sich auf der Bank aus und zwinkerte mir zu. »Alles Gute, Kleiner!«

Als ich die Augen öffnete, lag ich in meinem Bett. Die Sonne stand schon hoch am Himmel. Der Wind bewegte leicht den Saum der Vorhänge, ihr Schatten tanzte in kleinen Wellen über das Parkett.

Ich drehte mich auf den Rücken.

Zu meinem großen Erstaunen hatte man mir gestern auf der Wache meine Schuhe, Jackett, Hose, Handy und Portemonnaie ausgehändigt und mich kurz darauf in die Freiheit entlassen. »Vorerst«, hatte die kurzhaarige Beamtin hinzugefügt und gesagt, dass der Fall an die Staatsanwaltschaft weitergegeben würde. Ich solle mich zur Verfügung halten.

Noch im Foyer der Wache hatte ich die Strumpfhose gegen meine Hose getauscht und das gelb-weiß geringelte Stoffstück draußen in die nächstbeste Mülltonne fallen lassen. Als mein Handy geklingelt und mir Böttner gedroht hatte, doch noch auszusagen, wenn ich mich jemals wieder bei ihm blicken ließe, wusste ich, was geschehen war. Böttner war auf die Wache gekommen, hatte meine Sachen ausgehändigt und seine Aussage zurückgezogen. Wenn ich Glück hatte, würde ich nicht einmal vorgeladen werden und das Verfahren eingestellt werden.

Im Grunde musste er dankbar sein, wenn *ich* nicht aussagte. Er hatte schließlich Mathilda auf dem Gewissen und war zuerst auf mich losgegangen.

Spät abends war ich nach Hause gekommen. Nach einem Tag voller Strapazen hatte ich weder eine Ahnung, wie es weitergehen sollte, noch die hundert Euro, die ich so dringend brauchte.

Die alten Probleme waren die neuen. Wo sollte ich das Geld für den Partyeinkauf auftreiben, um das tolle Essen zu machen, das ich Tessa versprochen hatte? Und wie würde sich Isabel verhalten, wenn sie keine Migräneanfälle mehr bekam und herausfand, dass LaSea höchstens als Fußcreme taugte? Ich schreckte hoch. LaSea! Ich hätte ihr die Creme spätestens gestern geben sollen! Ich schlug die Decke zurück und sprang aus dem Bett. Ein stechender Schmerz fuhr vom Schienbein aufwärts durch meinen ganzen Körper. Ich presste eine Hand auf den Mund, ließ mich zurück aufs Bett fallen und wartete, bis der Schmerz abebbte. Mühsam richtete ich mich wieder auf, humpelte zum Schreibtisch, kramte in der obersten Schublade nach der LaSea-Dose, fand sie und öffnete die Zimmertür.

Vorsichtig trat ich auf den Flur. Die Türen der Mädels waren geschlossen. Ich schlurfte zu Isabels Zimmer, klopfte an und wartete. Als ich nichts hörte, wandte ich mich ab, sah im Wohnzimmer nach, dann in der Küche. Anscheinend waren alle ausgeflogen. Also beschloss ich, zunächst meinen körperlichen Bedürfnissen nachzugeben und mich dann an einen Notfallplan zu machen. Ich ging zum Bad. Als ich die Tür öffnete, trat ich in einen Haufen schwarzer Klamotten.

Isabel rutschte tiefer in die Wanne. »Scheiße, kannst du nicht anklopfen?«

»Hab nichts gesehen, keine Angst!«

Isabel sah mich mürrisch über den Badewannenrand an. »Ist ja auch nichts, was du nicht schon kennst«, sagte sie schnippisch. Das Wasser bedeckte ihren Körper fast vollständig, nur der Kopf und ihre Knie ragten aus der milchigtrüben Flüssigkeit. Am Badewannenrand standen drei offene H-Milch-Tüten.

Ich schüttelte den Kopf. »Ich fass es nicht! Immer ist die Milch alle, weil du sie als Badezusatz nimmst?«

Isabel seufzte. »Ja, genau deswegen. Ich hab keine Lust, das Zeug hier literweise hochzuschleppen, und Milchbäder wirken nun mal Wunder für die Haut.« Sie sah mich drohend an. »Wenn du irgendeiner Menschenseele davon erzählst …«

»Ja, ja, ich weiß, was dann passiert.« Entnervt stellte ich die LaSea-Dose aufs Klo. »Hier hast du noch so ein Wundermittel!«

Ich trat aus dem Bad und direkt ins nächste Fettnäpfchen.

Tessa war gerade zur Wohnungstür hereingekommen und zog ihre Turnschuhe aus. »Mit wem hast du denn geredet? Du klangst so verärgert.«

»Ich … Isabel badet gerade und hat mich gebeten, eine Seife aus ihrem Zimmer zu holen. Ich hab's sogar gemacht, aber als sie dann noch was wollte, hab ich ihr etwas deutlicher gesagt, dass andere Leute auch mal ins Bad müssen.«

Tessa sah mich forschend an. »Komisch, beim Baden darf sie sonst niemand stören. Steht sogar in den Regeln.«

Ich verlagerte mein Gewicht auf das gesunde Bein. »Keine Ahnung, vielleicht brauchte sie unbedingt diese eine Seife, ich kenne mich nicht so aus mit ihren Pflegevorlieben.«

»Ach nein?«

Ich mied ihren Blick. Mittlerweile hatte ich wirklich keine Lust mehr, jedes Wort, das ich sagte, vorher auf die Goldwaage legen zu müssen.

Als ich gehen wollte, berührte Tessa mich am Arm. »Till?« Ihre Stimme war wieder sanfter, und ich spürte, wie meine Haut unter der Berührung ihrer kalten Hand warm wurde.

»Wegen morgen Abend … Wir haben gedacht, dass es am besten ist, wenn wir zusammenlegen und du einfach einkaufst, was du zum Grillen brauchst. Wir würden dir ja helfen, aber da sind auch noch ein paar andere Sachen vorzubereiten …«

»Kein Problem, das mache ich gerne.« Ich sah sie schuldbewusst an. »Aber eigentlich wollte ich das ja bezahlen.«

Tessa schüttelte den Kopf. »Kommt gar nicht infrage! Du hast schon genug Arbeit mit dem Essen. Ist doch das Mindeste, dass wir uns an den Kosten beteiligen.«

Sie ging in ihr Zimmer und kam mit einigen Geldscheinen wieder. »Hier, von jedem fünfzig. Meinst du, das reicht?«

»Klar, das reicht!« Zögernd nahm ich das Geld. »Getränke bringen die Leute ja selber mit, oder?«

Tessa nickte. »So, ich brauch jetzt auch was zu trinken.«

Als sie in die Küche ging, war ich in Gedanken schon bei der Zusammenstellung der Speisen, die es morgen geben würde. Hundertfünfzig Euro waren nicht viel, um schätzungsweise dreißig Leute zu verköstigen und gleichzeitig mit einfallsreichen Kreationen zu beeindrucken. Aber wenn ich die verbliebenen paar Euro meines Dispos noch dazutat und alles gut plante, war es machbar.

Erfreut, ein Problem weniger zu haben und zur Abwechslung mal aus einem schönen Grund die Wohnung zu verlassen, ging ich in mein Zimmer und schulterte meinen Trekkingrucksack, um einkaufen zu gehen. Kurz bevor ich aus dem Zimmer ging, bemerkte ich den Strauß Blumen auf meinem Schreibtisch. Ich betrachtete verwundert die bunte Zusammenstellung aus Nelken, Chrysanthemen, Gerbera und weißer Lilien. Wenn mich nicht alles täuschte, waren das typische Grabblumen.

NEUNZEHN

Auf der Dachterrasse rollte ich den Grill in eine windstille Ecke und klappte die Abdeckhaube hoch. Ich probierte verschiedene Standplätze aus und drehte den Grill dann so, dass ich die ganze Terrasse überblicken konnte. Die Mädels hatten drei Einheiten Bierzelttische und Partybänke organisiert, die am anderen Ende der Terrasse leicht versetzt nebeneinanderstanden. Auf den Tischplatten lagen gelbe Tischdecken, und zwischen Papier-Windlichtern standen kleine violette Blumenbestecke, die sicher von Marion stammten. Die blaue Bank hatten wir an die Seite gerückt und die Stereoanlage und zwei große Boxen darauf platziert. Zwischen den Sitzgelegenheiten und meinem Grill war eine Freifläche entstanden, wo die Leute tanzen konnten, während sie auf die Spezialitäten des Grillmeisters warteten.

Ich band mir meinen schwarzen Vorbinder um die Hüfte und sah in den Himmel. Wenn der Wetterbericht recht behielt, würde ich den ganzen Abend perfektes Grillwetter haben.

Ich griff in die Hosentasche und prüfte die Anzeige meines Handys. In einer Stunde würden die ersten Leute kommen. Ich genoss es, die Terrasse noch für mich zu haben, wischte in aller Ruhe den Grill mit einem Lappen ab und befreite den Rost von verkrustetem Fett. Ich lag gut in der Zeit und musste nicht mehr viel vorbereiten. Die Bio-Steaks, Hähnchenfilets und Schweinemedaillons hatte ich schon mittags mariniert, den Fisch würde Pit mitbringen.

Die verschiedenen Gemüse hatte ich teilweise als Antipasti angerichtet und teilweise zu kleinen Gemüse-Kräuter-Säckchen in Alufolie gewickelt. Der Käse konnte direkt auf den Grill. Im Kühlschrank stapelten sich außerdem die fertigen Salate, Soßen und Dips. Ich war sehr gespannt, wie neben den klassischen Grillsoßen aus dem Glas meine selbst gemachte Koriander-Schnittlauch-Creme, die geräucherte Rotwein-Balsamico-Reduktion und die Trüffelvinaigrette ankommen würden.

Auch für den Nachtisch war alles vorbereitet. Die Creme für die Orangensoufflés hatte ich eingekocht und in Förmchen gefüllt, sie mussten später nur noch kurz in den Ofen. Ich war nicht sicher, ob das Soufflé für alle reichen würde, aber zur Not gab es ja auch noch die Fruchtbowle.

Für Zwischendurch hatte ich verschiedene Knabbereien vorbereitet. Ich überlegte allerdings noch, wie ich verhindern konnte, dass Marion die Erdnüsse im Wasabimantel, die Mandeln mit Raucharoma und die Pinienkernpesto-Bruschetta allein verschlang.

Der Einkauf war natürlich viel teurer geworden als erhofft. Als ich den wichtigsten Teil meiner Einkaufswagenladung mit dem Bargeld der Mädels bezahlt hatte, hatte ich der Kassiererin übermütig meine selten genutzte Kreditkarte gereicht. Wundersamerweise hatte das Lesegerät die Karte akzeptiert, und so schnell es mit dem großen Rucksack auf dem Rücken und dem Stechen im Bein ging, war ich zum Ausgang geeilt.

Ich nahm den Gitterrost ab, schüttete Holzkohle in die Stahlwanne und stapelte die Briketts zu einer Pyramide. Zum Schluss legte ich ein paar Anzündwürfel dazu und zündete sie an.

»He, Alter!«

Überrascht drehte ich mich zur Seite und sah Pit auf mich zukommen. Die Tage auf See hatten seine Haare noch blonder und seine Haut noch dunkler gemacht. Er hatte sein weißes Leinenhemd an, das er immer trug, wenn er Eindruck schinden wollte.

»He, Pit. Wie war der Törn?«

»Easy. Wir hatten guten Wind. Ich war also schon früher wieder hier, und da hab ich gedacht, ich komm direkt.«

»Wo steckt Constanze?«

»Die ist übers Wochenende zu ihrer Schwester gefahren.« Pit grinste. »Sag mal«, er trat näher und beugte sich vor, »wer ist denn die heiße Schwarzhaarige, die mich reingelassen hat?«

»Isabel. Hast du ihr den Fisch gegeben und ihr gesagt, dass sie ihn in den Kühlschrank tun soll?«

Pit nickte und lehnte sich an die Hauswand. »Hat die einen Freund?«

»Mehrere, glaube ich. Aber ob hintereinander oder gleichzeitig weiß ich nicht.«

Pit grinste, das war eine Antwort nach seinem Geschmack.

»Und auf was für Typen steht die so?«

Ich bückte mich und pustete von der Seite in die kleinen Flammen. »Keine Ahnung.«

Ich starrte ins Feuer. Wenn ich ihm die Sache mit Isabel erzählte, würde er mich ewig damit aufziehen.

»Und sonst so? Was machen die Sklaventreiber von LaRouge?« Er holte einen Kaugummi aus der Hosentasche, wickelte ihn aus und steckte den Streifen in den Mund.

»Ich bin deinem Rat gefolgt und habe mich aufgelehnt«, sagte ich und zog die Augenbrauen hoch. »War wohl aber nicht ›originell‹ genug, bin erst auf- und dann rausgeflogen.«

»Du bist gefeuert worden?«

»Nicht so laut!«, zischte ich, »das weiß hier noch keiner!«

Pit zuckte mit den Schultern. »Nimm's locker. Das waren doch eh üble Abzocker. Immerhin hast du mal Farbe bekannt!«

»Mit dem Ergebnis, dass ich jetzt bei Fast-Food-Ketten anheuern muss und da noch ganz andere Cheftypen rumlaufen. Aber irgendwie kann ich das nicht mehr.« Leiser fügte ich hinzu: »Vorgestern habe ich mich dagegen gewehrt, einen dämlichen Promo-Job zu machen, hab mich mit meinem Chef geprügelt und saß für ein paar Stunden im Knast.«

Pit machte große Augen. »Na holla, da hab ich ja schwer was verpasst.«

Ich seufzte. »Kann man so sagen. Aber das erzähle ich dir woanders, hier haben die Wände Ohren.«

»Okay, nur ganz kurz: Haben dich die Bullen anständig behandelt? Ich hab da in letzter Zeit ein paar Sachen gehört, denen ich mal nachgehen will. Die Zustände auf den Wachen und in der U-Haft ...«

Ich verteilte die Holzkohle mit dem Eisenschieber und schüttelte den Kopf. »Nein, war alles okay. Aber«, ich nahm Pit zur Seite, »ich hab vielleicht 'ne andere Geschichte für dich. Als ich letztens bei LaRouge im Keller war, hätte ich schwören können, dass die da Tiere halten.«

Pit biss sofort an. »Die machen Tierversuche?«

»Ich weiß nicht, glaub aber schon.«

Pit nickte und kaute fest auf seinem Kaugummi.

Ich sah kurz zur Terrassentür. »Geh der Sache mal nach, das gibt vielleicht 'ne gute Story.«

»Darauf kannst du Gift nehmen!« Er machte eine Blase, sog sie ein und kaute weiter. »Vielleicht kann ich mich da sogar irgendwie einschleusen.«

Ich lächelte. LaRouge konnte sich warm anziehen. Pit Wallraff war im Anmarsch. Bei dieser Story würden ihn nichts und niemand aufhalten.

Die Terrassentür ging auf, und wir drehten uns um. Tessa trat mit einem kleinen Beistelltisch aus der Tür und trug ihn zu uns rüber. Bevor ich ihr zu Hilfe eilen konnte, stellte sie den Tisch neben dem Grill ab. »Für das Fleisch und so.« Tessa richtete sich auf und strich sich die Haare hinters Ohr. Sie war dezent geschminkt und trug ein mintgrünes, rückenfreies Sommerkleid, das sich sanft um ihre Hüften schmiegte. Auf Pit wirkte ihr Erscheinen offenbar ebenso wie auf mich. Augenblicklich knipste er sein breitestes Lächeln an. »Hi, ich bin Pit. Pit Bull.«

Eine kleine Falte erschien auf Tessas Stirn. »Ah, okay … hi.«

»Kleiner Scherz«, beeilte er sich zu sagen und fuhr sich mit der Hand durch die blonden Locken.

Tessa lächelte ihn verschmitzt an.

»Danke für den Tisch, Tessa«, murmelte ich und wartete, dass sie endlich zu mir sah. Als es so weit war, blickte ich sie fragend an. »Haben wir noch einen anderen kleinen Tisch, auf den wir die Salate und die Bowle stellen können?«

»Wow, es gibt Bowle?« Jetzt war ihr Lächeln noch breiter als beim Anblick von Pits Sunnyboygehabe.

»Ja, ich habe eine Erdbeer-Limetten-Bowle angesetzt«, sagte ich beiläufig. »Da kommt außer den Früchten nur trockener Chardonnay, Sekt und Holunderblütensirup dran.«

»Klingt toll!« Tessa rieb leicht ihre Hände und sah sich um. »Ich schau mal, ob ich noch einen Tisch auftreiben kann.«

»Soll ich dir helfen?«, fragte Pit, bevor ich es tun konnte.

»Brauchst du nicht, danke!«

Als Tessa weg war, zischte ich Pit zu: »Hör mal, lass die Finger von Tessa, okay?« Ich sah ihn streng an. »Wir sind gerade dabei … uns näher kennenzulernen.«

Pit gluckste. »Ach ja? Aber doch nur so freundschaftsmäßig, oder? Ich meine, die denkt doch, du bist schwul, oder nicht?«

Missmutig widmete ich mich wieder dem Grill. Langsam entstand eine orangerot glimmende Glut, bald würde ich die ersten Fleischstücke auf den Rost legen können. Und wenn Pit sich nicht zusammenriss, würde sein Hintern das erste Stück Fleisch sein, das auf dem Grill landete.

Nach und nach fanden auch andere Gäste den Weg aufs Dach. Die Sonne berührte schon fast den Horizont und ließ die Elbe glitzern wie eine Discokugel.

»Wo ist eigentlich die Dritte?«, fragte Pit und beobachtete die Grüppchenbildung auf den Bierbänken.

»Marion? Keine Ahnung. Vorhin hat sie offenbar die Tische dekoriert, aber gesehen hab ich sie noch nicht. Die taucht schon noch früh genug auf.«

»Da bin ich ja mal gespannt«, sagte Pit und schob die Ärmel seines Leinenhemdes hoch.

Zwei Stunden später standen etwa vierzig Leute auf der Terrasse, tranken Bowle und unterhielten sich im Schein der Windlichter auf den Tischen. Tessa stand in ihrem knielangen Kleid auf einer Leiter und befestigte an der Regenrinne ein paar zusätzliche Lampions, die Pit ihr einen nach dem anderen von unten reichte. Da ich jetzt nonstop Fleischstücke braten und Gemüsesäckchen auf dem Grill wenden musste, hatte er, selbstlos wie er war, seine Hilfe angeboten. Aus dem Augenwinkel sah ich, wie Pit Geschichten erzählte, dabei übertriebene Gesichtsausdrücke machte und Tessa zum Lachen brachte. Dummerweise hatte ich keine Gelegenheit, Pits Blick zu erhaschen und ihn zu mir zu winken, da sich nun immer mehr Leute auf der Terrasse einfanden. Nach dem obligatorischen Lob für den »Wahnsinnsausblick« auf die Elbe und einem kurzen rhythmischen Nicken zur beatlastigen Elektromusik kamen die Gäste zum Grill, »um mal zu gucken, was es so Schönes gibt«. Ich kannte außer meinen Mitbewohnerinnen und Pit niemanden, da ich sonst keinen eingeladen hatte. Ich hätte in der entsprechenden Rundmail ja auch kaum die Wahrung meiner kleinen Schwulen-Notlüge zur Party-Teilnahmebedingung machen können.

Irgendwann erschien dann auch die Königin der Nacht und genoss es, für einen Moment die Aufmerksamkeit auf sich zu ziehen. In einem sehr knappen schwarzen Seidenkleid ging Isabel auf eine kleine, abseits stehende Männergruppe zu, hinter der ich das Securityteam von Karstadt vermutete. Sie begrüßte jeden einzeln mit Küsschen auf die Wange. Dabei winkelte sie leicht ein Bein an und hob ihren schwarzen Stiletto vom Boden. Endlich verlagerte sich auch Pits Aufmerksamkeit von Tessa zu Isabel. Er warf mir einen gespielt ehrfürchtigen Blick zu. Ich nutzte die Gelegenheit und winkte ihn zu mir.

»Was ist?«, fragte er, als er zu mir hinter den rauchenden Grill trat.

»Ich hab den Fisch ganz vergessen, kannst du ihn bitte holen?«

Er nickte und verschwand in der Wohnung. Als er wieder auftauchte, hielt er nicht etwa frischen Fisch in den Händen, sondern reichte mir zwei große Tiefkühlpackungen Fischstäbchen.

Ungläubig sah ich ihn an. »Das ist nicht dein Ernst, oder?«

»Was?«, er sah auf den lachenden Käpt'n Iglo, »die schmecken doch auch gut. Ich hab halt nichts gefangen, und am Hafen gab's auch nichts mehr.«

»Das gibt's doch nicht!« Kopfschüttelnd riss ich die Packungen auf, während Pit in Richtung Isabel schlenderte, die mit den Securityleuten schäkerte.

Ich widmete mich den Fischstäbchen. Mit einer Gabel versuchte ich vorsichtig, die Panade vom Filet zu heben, was mir gründlich misslang. Die aufgetauten Fischstäbchen fielen auseinander. Als ich schließlich mühsam die Panade abgepult hatte, lag ein Haufen kleinteiliger Fischfleischmasse vor mir.

»Ärgerlich«, sagte plötzlich eine Stimme neben mir. Ich sah auf und blickte in das belustigt dreinblickende Gesicht eines älteren Mannes mit modischem grauen Kurzhaarschnitt.

»Ja, in der Tat.« Ich wandte mich wieder meinem Fischberg zu und füllte ihn in eine leere Brotschüssel. »Eigentlich hatte ich frische Rotzungen oder so was in der Art erwartet.«

»Hab ich mitbekommen. Und was hätten Sie damit gemacht?« Der Mann sah mich interessiert an und trat näher an den Grill.

»Ich hätte sie zusammen mit einem Stück Butter, etwas Weißwein, Frühlingszwiebeln, einer Prise Salz und Cayennepfeffer in Alufolie gewickelt und sie ein paar Minuten auf den Grill gelegt.«

»Klingt gut. Wirklich schade. Aber vielleicht können Sie die Seelachsfiletstücke noch irgendwie anders verarbeiten.«

»Ich habe gerade gedacht, dass ich sie noch mal kurz anbrate und dann am besten einen Salat daraus mache. In der Küche ist noch eine Packung Frischkäse, etwas Rucola und Petersilie. Wenn ich Glück habe, finde ich noch Estragon und ein Stück Zitrone, und dann gibt's zumindest noch eine Alternative zu den anderen Aufstrichen.«

Er schwenkte sein halb leeres Bowleglas. »Die übrigens auch sehr gut sind. Haben Sie die alle gemacht?«

Ich wischte meine Hände am Vorbinder ab und nickte.

»Nicht schlecht. Sind Sie gelernter Koch?

»Ähm, nein, aber ich koche leidenschaftlich gern und wäre es im Grunde gerne.«

»Ich weiß ja nicht, was Sie sonst so machen, aber wenn Sie mögen, kommen Sie doch am Montag mal bei mir vorbei.« Er griff in sein Jackett und zog eine Visitenkarte aus der Innentasche.

Ich nahm sie entgegen und stellte fest, dass sein Interesse an meinem Essen einen professionellen Hintergrund hatte: »Jochen Malchau, Chefkoch *Seven Seas* Hotel Süllberg« stand auf der Karte.

Erstaunt sah ich ihn an und fühlte, dass meine Hände feucht wurden. »Im Ernst? Ich bin nämlich gerade auf Jobsuche.«

»Na, dann passt das ja vielleicht. Wir suchen im Moment einen Auszubildenden, und Sie scheinen Talent zu haben. Ist vielleicht nicht das, was Sie sich vorgestellt haben, aber wer bei uns anfängt, hat später die besten Voraussetzungen. Außerdem zahlen wir nicht schlecht, und Sie können eine Menge lernen.«

Eine sofortige Einstellung als Koch wäre mir zwar lieber gewesen, aber vielleicht war das die beste Chance, die ich im Moment hatte.

Jochen Malchau nahm einen Schluck Bowle und schob

sich mit seinem Spieß eine Erdbeere in den Mund. »Dann sehen wir uns Montag?«

Ich hielt die Visitenkarte hoch und las noch einmal die Aufschrift. »Auf jeden Fall, danke!«

Bevor er ging, deutete er mit dem Bowlespieß in Richtung Grill.« Und passen Sie auf das Huhn da auf, das wird sonst trocken.« Er lächelte und mischte sich wieder unter die Gäste. Eilig steckte ich die Visitenkarte ein, nahm die Grillzange und wendete das Hühnchenfilet.

Als die Musik chilliger wurde und das aufgeregte Geplapper der Leute entspannten Unterhaltungen gewichen war, legte ich die Grillzange beiseite und ging zum Buffettisch. Die Salat- und Soßenschüsseln waren so gut wie leer, auf dem Boden der Bowleschüssel lagen ein paar Limettenscheiben.

Ich kippte ein paar Reste auf meinen Teller und nahm die Kantenstücke des Walnuss- und Olivenciabattas sowie ein kühles Bier aus der großen Kühlbox neben dem Tisch. Langsam ging ich zum Grill zurück, stellte meinen Teller ab und überwachte die letzten zwei Gemüsesäckchen. Vereinzelt beugten sich Leute über die schwach glimmende Glut und bedankten sich für das vorzügliche Essen. Ich biss in ein Stück Brot, öffnete das Bier und lehnte mich an die Hauswand. Isabel stand nach wie vor im Mittelpunkt, Pit und Tessa hatte ich hingegen schon länger nicht mehr gesehen. Sollte ich sie suchen gehen? Und was, wenn ich sie fand? Was sollte ich sagen? Pit, hör auf, eine wunderschöne Frau anzuflirten, bei der ich selbst fast alles vermasselt hatte? Tessa, nimm doch lieber mich, denn ich bin gar nicht schwul, und dass ich mit Isabel schlafen wollte, ist doch jetzt auch egal?

Nach meinem vierten Bier kamen zwei Gestalten auf mich zu, die laut diskutierten. Sie traten aus dem Schatten, und ich sah in zwei bekannte Gesichter.

»Gibt's noch Halloumi?«, fragte Marion und hielt ihren leeren Teller in die Höhe. Der Zweite war Pit. Er nickte mir zu. »Ich hab gerade Marion kennengelernt. Du hast mir gar nicht erzählt, dass du so eine politisch interessierte Mitbewohnerin hast!« Er sah sie an und nickte anerkennend.

»Das …«, begann ich erleichtert, »… hab ich wohl noch nicht erwähnt.«

»Till redet nicht gern über mich«, sagte Marion und verzog ihren Mund kurzzeitig zu so etwas wie einem einseitigen Lächeln. »Gibt's jetzt noch Käse?«

»Nur noch Gemüsesäckchen.«

»Auch gut.«

Ich hob ihr ein Alusäckchen auf den Teller. »Wo warst du eigentlich, Marion? Ich wollte dich schon die ganze Zeit fragen, womit ich dir die Blumen auf meinem Schreibtisch zu verdanken habe.«

Sie sah auf die Menschentraube vor dem Balkongeländer und biss in den Käse. »Ich war die ganze Zeit da hinten an einem Tisch«, sie deutete auf die andere Terrassenseite, »aber die Leute hier sind echt nicht mein Fall.« Schnell blickte sie zu Pit und stieß ihm mit dem Ellenbogen leicht in die Seite. »Also bis auf Pit natürlich.«

»Hier seid ihr alle«, hörte ich Tessa aus der Dunkelheit. Ihre Umrisse wurden deutlicher, bald erkannte ich ihr strahlendes Gesicht, das immer näher kam, bis es plötzlich wieder verschwand. Völlig verdutzt hielt ich mit ausgestrecktem Arm meine Bierflasche in die Luft und erwiderte mit dem anderen ihre Umarmung.

»Vielen Dank«, hörte ich es dumpf in meinem Nacken. Langsam löste sie sich von mir. »Das Essen war unglaublich, Till! Du hast dir so viel Arbeit gemacht und hast den ganzen Abend nur allein hier rumgestanden! Sorry, dass ich nicht mal rübergekommen bin, aber es waren so viele Leute von dem Verlag, für den ich jetzt was mache, da, mit denen musste ich mich ein bisschen länger unterhalten.«

Ich sah auf den Grill und wendete das letzte Säckchen. »Kein Problem.«

»War Jochen mal bei dir?«, fragte sie.

»Der Koch?«

»Ja, das ist ein guter Freund meiner Eltern. Er wohnt nur zwei Häuser weiter. Eigentlich mag er keine Partys, aber nachdem ich ihm von deinen Kochkünsten vorgeschwärmt habe, ist er wohl neugierig geworden.«

Überrascht sah ich sie an. »Dann ist der nur deswegen gekommen?«

Tessa nickte. »Was hat er denn gesagt?«

»Na ja, er kam gerade, als Pit mir statt des frischen Fischs die Tiefkühl-Fischstäbchen gegeben hat …«, ich schaute böse zu Pit, der grinsend die Schultern hob. »Aber was ich mit dem Fisch ursprünglich vorhatte, fand er wohl ganz gut. Er hat mir seine Visitenkarte gegeben und gesagt, dass die in seinem Restaurant jemanden suchen …«

Pit klopfte mir auf die Schulter. »Das ist ja super, dann hast du ja wieder einen Job!«

Ich riss die Augen auf und starrte ihn an. Als ich in die Runde sah, starrten Marion und Tessa zurück.

»Was?«

»O Shit!« Pit rieb sich den Nacken und sah zu Boden.

»Also eigentlich …«, stammelte ich los, »das ist erst vor ein paar Tagen passiert … Ich hab vor meinem Chef den

Verdacht geäußert, dass die Firma Tierversuche macht, ich hab nämlich einmal so komische Geräusche im Keller gehört …«

»Was?«, rief Tessa entsetzt.

»Ich weiß es nicht hundertprozentig«, sagte ich schnell, »aber als ich mich deswegen mit meinem Chef angelegt habe, bin ich rausgeflogen.«

»Das ist ja furchtbar!« Tessa hielt sich kurz die Hand vor den Mund und machte dann ein verärgertes Gesicht. »Tiere quälen für Cremes und Bodylotions! Gut, dass du da nicht mehr arbeitest, Till. Aber kann man die nicht irgendwie zur Rechenschaft ziehen?«

»Ich hab schon zu Till gesagt, dass ich mir das mal anschauen werde«, sagte Pit. »Ich bin Politjournalist, und mit ein bisschen Glück wird das eine Riesengeschichte!«

Marion nickte eifrig. »Ich bin dabei!«

»Wobei?« Mit klackernden Absätzen näherte sich Isabel der Runde und stellte sich dazu.

Tessa drehte sich zu ihr. »Stell dir vor, die machen bei LaRouge Tierversuche!«

Unbeeindruckt sah Isabel in die Runde. »Macht das nicht jede Kosmetikfirma?«

»Anscheinend nicht«, sagte Tessa wütend, »sonst hätten sie Till wohl kaum rausgeworfen, als er seinen Chef damit konfrontiert hat.«

Isabel zog ihre Stirn in Falten. »Du hast keinen Job mehr? Ist ja schön, dass du uns das auch schon erzählst.«

Ich hielt ihrem Blick stand. »Beruhig dich, es ist gerade erst passiert. Außerdem habe ich zur Überbrückung etwas gejobbt. Ich werd die Miete schon auftreiben, keine Angst.«

Isabel sah mich ausdruckslos an. »Und wie willst du mir jetzt meine LaSea-Creme besorgen?«

Ich hielt die Luft an. Mit einem Mal nahm ich nichts mehr um mich herum wahr und sah nur noch Isabels rotbemalten Mund, der sich in Zeitlupe öffnete.

Jetzt würde sie es allen sagen.

»Till hat doch schon was Neues in Aussicht.«

Das waren nicht Isabels Worte. Ungläubig drehte ich mich zu Marion.

»Vorhin war ein Koch da und hat ihm einen Job angeboten«, sagte sie bestimmt. »Und überhaupt: Bisher war es für dich ja auch kein Problem, alles, was du wolltest, bei Karstadt mitgehen zu lassen, dafür brauchst du Till doch gar nicht …«

»*Mitgehen lassen?* Spinnst du?«, keifte Isabel.

Mit einem Mal war es ganz still auf der Terrasse, und ich fühlte achtzig Augen in unsere Richtung blicken. Ich hoffte inständig, dass Jochen Malchau schon gegangen war.

Marion lächelte fast. »Ach komm, Isabel, tu doch nicht so. Das weiß doch hier eh jeder. Und meine Shisha hast du dir bestimmt auch unter den Nagel gerissen!«

Isabel spie ihre Antwort förmlich in Marions Gesicht. »Die hab ich mir nur ausgeborgt! Und die paar Tüten Milch, na und? Was müssen wir da bei dir nicht alles ertragen! Deine ewige schlechte Laune und überall die Nussschalen. Und dann immer das Gekaue mit offenem Mund!«

Auch jetzt stand Marion der Mund offen, allerdings vor Empörung. Unvermittelt gab sie Isabel einen kräftigen Schubs. Isabel wankte nach hinten, und Pit fing sie dankbar auf. »Du bist so armselig, Isabel«, fauchte Marion kopfschüttelnd. »Tust immer so, als wärst du der Mittelpunkt der Welt, fährst aber immer gleich die Krallen aus, wenn's mal jemand gut mit dir meint! Und lässt nie jemanden an dich heran, weil du im Grunde genau weißt, dass er sich dann ganz schnell wieder abwenden würde. Kein Wunder, dass du dauernd nur telefonierst, so lassen sich alle wunderbar auf Distanz halten, nicht wahr?«

»Ach, und du bist da ganz anders, ja?«

Als Marion erneut auf Isabel losgehen wollte, trat Tessa zwischen die beiden. »Mein Gott, Mädels, jetzt kommt mal wieder runter! Wollen wir nicht reingehen und mal in Ruhe über alles reden?«

Marion sah Tessa giftig an. »Reden, reden, reden! Immer willst du über alles ›reden‹! So kann man aber nicht immer alle Probleme lösen, liebe Tessa! Es ist nicht immer alles so schön und harmonisch, wie du denkst!«

Tessa ließ die Arme sinken und drehte sich langsam zu Marion um. »Wenn ich nicht so gutmütig wäre, hättest du dir nach der Sache mit Mikesch sofort ein neues Zimmer suchen können!«

»Jetzt mach mal halblang, nur weil deinem Opa die Wohnung gehört, bist du hier nicht die Bestimmerin.«

Tessa sah Marion entsetzt an. »Ich und Bestimmerin? Wenn hier jemand auf die Bedürfnisse der anderen achtet, dann ja wohl ich! Und wenn du nur halb so aufmerksam wärst wie ich, hättest du irgendwann gemerkt, dass die Wohnungstür offen stand und wärst …«, Tessas Stimme brach ab, »… und wärst ihn suchen gegangen!«

»Das wäre ich ja auch, aber leider war dein Kater so erpicht darauf, hier wegzukommen, dass er den Hausflur hinuntergerannt ist, und unten stand die Haustür offen, und dann ist er auf die Straße und …«, Marion starrte ins Leere und atmete heftig.

»Und was?«

»… und dann ist er …«, Marion wurde leiser, »… vor ein Auto gelaufen.«

Für einen kurzen Moment war alles still. Dann machte Tessa einen unsicheren Schritt nach hinten. »Ist das wahr?«

Marion ließ die Schultern hängen und hob die Hände an ihre glühenden Wangen. Beschämt sah sie Tessa an und nickte leicht. »Ich … ich konnte es dir nicht sagen Tessa, es tat mir so wahnsinnig leid. Ich hab ihn noch zum Tierarzt gebracht, aber Mikesch war sofort tot.«

Tessas Augen wurden wässrig. »Und wo ist er jetzt?«, fragte sie ruhig.

»In Ohlsdorf. Da hab ich ihn begraben und stelle ihm jeden Tag eine Blume ans Grab.«

Ich konnte Marions Gesicht nicht erkennen, aber ihre Stimme verriet, dass auch sie weinte. »Wenn du magst, können wir gleich morgen zusammen hinfahren.«

Tessa atmete flach durch den Mund, verschränkte kraftlos ihre Arme und starrte auf den Boden.

Pit legte Tessa seinen Arm um die Schultern. »Alles okay? Sollen wir mal reingehen?«

Ohne nachzudenken, schmiss ich meine Bierflasche über die Balkonbrüstung und stürmte auf die beiden zu. Ich riss Pits Arm von Tessas Schulter. »Du gehst nirgends mit ihr hin, du Verräter!«

»Till, was soll denn das?« Tessa sah mich irritiert an, die Farbe ihres Mascaras zog sich tropfenförmig über ihre Wange.

»Tessa, ich …«, sagte ich hilflos und sah mich nach irgendetwas um, an dem ich mich festhalten konnte. Als ich nichts fand, ballte ich meine Finger zur Faust, bis es schmerzte. »Ich bin nicht schwul!«

Fest erwiderte ich Tessas Blick. »Es tut mir leid, dass ich gelogen habe. Ich wusste irgendwann einfach nicht mehr, wie ich es dir sagen sollte. Ich war total blockiert, weil … weil ich mich in dich verliebt habe.«

Tessa kaute auf ihren Lippen und schaute mich verständnislos an. Schnell erfasste ihr Blick auch Isabel und Marion. »Was seid ihr doch für ein Haufen Irrer!«, rief Tessa plötzlich laut. »Ich habe echt keine Lust mehr, mit einem notorischen Lügner, einer übel gelaunten Diktatorin und einer herzlosen Kleptomanin unter einem Dach zu wohnen! Eins schwör ich euch: Wenn sich hier nicht grundlegend was ändert, seid ihr nächste Woche draußen! Und von eurer Kaution bezahle ich dann meinen Psychotherapeuten!«

Ohne ein weiteres Wort verließ sie die Terrasse.

Ein paar der umstehenden Leute fingen zu applaudieren an, jemand pfiff.

»Endlich hast du's ihr gesagt. Wurde auch Zeit, Alter«, sagte Pit und lächelte mich aufmunternd an.

Ich schob ihn beiseite und lief Tessa nach.

Nachdem ich sie in der Wohnung nicht gefunden hatte und auch keiner der anderen Gäste sie gesehen hatte, rannte ich irgendwann auf die Straße. In Gedanken an das Schicksal des Katers machte ich vor der Fahrbahn halt, sah nach links, nach rechts und wieder nach links und dann auch in alle anderen Richtungen. Mein Blick blieb an einem unausgeleuchteten Fleck zwischen den Büschen auf der anderen Straßenseite hängen. Vereinzelt fingen die Vögel schon zu zwitschern an, und aus der Ferne hörte ich ein Nebelhorn ertönen. Der Pfad hinunter zur Elbe, von dem Tessa erzählt hatte! Ich rannte los und erreichte bald den Fluss. Ich lief weiter am Wasser entlang, bis ich nach einer Weile tatsächlich jemanden unter einem Baum unweit des Ufers sitzen sah. Ich erkannte den Grünton von Tessas Kleid. Ungelenk sprang ich über die Steine und blieb ein paar Meter neben ihr stehen. »Tessa? Können wir reden?«

»Reden wird überbewertet, hast du doch gehört!«, sagte sie bitter.

Ich hockte mich hin, stützte mich mit der Hand auf dem felsigen Untergrund ab und sah sie eindringlich an.

Tessa schaute wieder aufs Wasser. Hinter den Kränen auf der anderen Uferseite ging langsam die Sonne auf.

»Warum hast du das alles erst jetzt gesagt?«

Ich nahm einen spitzen Stein unter mir weg und ebnete meinen Sitzplatz ein. Gern hätte ich zwei Wodka bestellt, aber heute musste ich es alleine schaffen. Ohne Lügen und ohne Hilfsmittel.

»Eins kam zum anderen, und es wurde immer schwieriger, die Wahrheit zu sagen«, begann ich. »Nachdem mich meine Exfreundin verlassen hatte, brauchte ich ganz dringend ein Zimmer … und weil ihr keine Männer wolltet, habe ich in meiner Not behauptet, schwul zu sein.«

»Das ist zwei Wochen her«, sagte Tessa empört. »Meinst du nicht, du hättest langsam mal was sagen können? Was wäre denn gewesen, wenn es heute auf der Party anders gekommen wäre? Wann hättest du's mir denn dann gesagt?«

Ich mied ihren Blick. »Es ist so viel passiert in letzter Zeit. Ich hatte keine Sekunde Zeit, mich mal zu orientieren und mir darüber klar zu werden, was ich wirklich will.«

»Ach, und jetzt weißt du es auf einmal?«

Ich nickte. Ich wusste es, und ich wusste auch, dass nichts mehr zwischen uns stehen durfte, wenn ich Tessa nicht verlieren wollte.

»An dem einen Abend«, sagte ich zögernd, »als Isabel so komische Sachen über mich gesagt hat, da hatte sie vorher versucht, mich ins Bett zu kriegen.«

»Wie bitte?« Tessas Stimme übertönte für einen Moment die Revierkämpfe der Vögel über uns.

»Ich hatte gerade meinen Job verloren und zu viel Whisky intus … Isabel hat mir das mit dem Schwulsein nicht abgenommen und wollte mich testen …«

»Ist klar, du konntest der zauberhaften Isabel nicht widerstehen und hast mal eben die Hosen runtergelassen. Und jetzt sagst du mir, dass du dich in mich verliebt hast?« Abrupt stand Tessa auf und wandte sich zum Gehen.

»Warte!« Ich stand auf und hielt sie am Arm fest. »Da ist nichts gelaufen! Und durch diese Sache mit Isabel ist mir erst klar geworden, wie bescheuert ich war und wie viel du mir bedeutest! Vorher wusste ich nicht, was das war, was ich für dich empfand. Aber danach spürte ich, was ich eigentlich wollte und wer mir wirklich wichtig war: du!«

Sie sah mich an, und ich löste meine Hand von ihrem Arm.

Tessa fuhr mit den Zähnen auf ihrer Unterlippe entlang und setzte sich langsam wieder hin. »Ich weiß nicht, Till, nach der Sache mit Dominik hatte ich mir geschworen, mich nie wieder belügen zu lassen.« Sie wischte sich über die Wange und flüsterte jetzt. »Aber … ich hab auch was für dich gefühlt …«

Ich hockte mich neben sie. »Dann gib uns eine Chance.«

Aus dem Augenwinkel bemerkte ich plötzlich, wie ein kleiner schwarzer Schatten über die Steine huschte. Ein paar Meter vor uns hielt er inne und reckte seine Fühler in das erste Sonnenlicht des Tages. Ich sah überrascht zu Tessa, die ebenso verdutzt die Morgengymnastik des Hundertfüßers betrachtete. Als sie mich anblickte, hob ich lächelnd die Schultern, und für einen Moment lächelte sie auch.

»Dem scheint's hier ja ganz gut zu gehen«, sagte ich.

»Sieht so aus. Ist ihm ja auch nicht zu verübeln, dass er vor unserer Chaostruppe Reißaus genommen hat.«

Tessa atmete tief ein und legte den Kopf in den Nacken. »Du bist so ein Idiot, weißt du das?«, sagte sie schließlich. »Und ich weiß echt nicht, warum ich mich auf dich einlasse.« Sie schüttelte den Kopf und drehte sich zu mir. »Aber irgendwie fühlt es sich gut an.«

Dank

Ich danke meinen Eltern und meiner Familie, allen voran meiner Mutter. Zudem möchte ich mich bei Christoph Silber und Claas Engels bedanken sowie bei meiner Agentin und – last but not least – bei Verlag und Lektorat.

FSC
www.fsc.org
MIX
Papier aus verantwortungsvollen Quellen
FSC® C083411

Originalausgabe
1. Auflage

Umschlaggestaltung: Zero Werbeagentur, München
Umschlagmotiv: © gettyimages / Image Source
Satz: Pinkuin Satz und Datentechnik, Berlin
Druck und Bindung: CPI – Clausen & Bosse, Leck
Printed in Germany 2013
ISBN 978-3-85535-053-7

www.atrium-verlag.com